Disney

Il était une fois

Disney

Il était une fois

Novélisation de Jasmine Jones
d'après un scénario de Bill Kelly

Traduit de l'américain par Natacha Godeau

HACHETTE
Jeunesse

1

Il était une fois, au royaume magique d'Andalasia, une méchante reine prénommée Narissa. Égoïste et cruelle, elle vivait dans la crainte que son beau-fils, le prince Édouard, se marie… car elle devrait alors lui laisser le trône !

Elle faisait donc tout son possible pour empêcher le prince de rencontrer celle avec laquelle il échangerait un jour un vrai baiser d'amour…

Or, une belle jeune fille habitait justement la forêt. Elle se prénommait Giselle. Son cœur était si pur et son âme si noble qu'elle charmait tous ceux qui la rencontraient. Même s'il n'y avait pas grand monde au fond des bois d'Andalasia, Giselle n'était jamais seule : ses amis les animaux lui tenaient compagnie. Eux aussi l'aimaient beaucoup, et Giselle passait son temps à chanter et à danser. Elle n'éprouvait jamais ni tristesse, ni colère ; elle menait l'existence parfaite d'une parfaite jeune fille…

Ce jour-là, Giselle s'amusait à assembler un bonhomme d'écorce et de branchages. Elle fredonnait en travaillant, lorsque deux petits oiseaux bleus entrèrent par la fenêtre ouverte.

— Giselle ! pépièrent-ils gaiement. Que dis-tu de ça, pour ton bonhomme ?

La jeune fille sourit avec douceur. Elle repoussa ses longs cheveux roux en arrière.

— Oui, ça ira très bien, répondit-elle. Merci !

Et elle plaça le gland que les oiseaux venaient de lui apporter en plein milieu du visage de son personnage.

— O.K., les zozios ! Au boulot ! cria tout à coup Pip, le fidèle compagnon de Giselle.

Pip était un écureuil plutôt bruyant pour sa minuscule taille. Mais à défaut d'être la créature la plus imposante de la forêt, il possédait un cœur immense. Il n'aimait rien tant qu'aider Giselle.

— Vite, vite ! ajouta-t-il. On a un visage à terminer... Profitons que notre Giselle l'a encore bien en tête !

— Oh, Pip ! Quel beau rêve j'ai fait !

La jeune fille soupira de bonheur.

— On se tenait par la main et on dansait, et on...

Un lapin sautilla soudain à côté d'elle et lui tendit deux pierres scintillantes.

— Et ça, pour les yeux ?

— Du bleu ! s'extasia Giselle.

Elle tapota avec affection la tête du lapin.

— Comment as-tu deviné ? Cet éclat, c'est le même !

Elle fixa les pierres au-dessus du nez du bonhomme puis, reculant pour admirer le résultat, elle renchérit :

— Oui, c'est bien ça !

Pip frappa dans ses frêles pattes avant de s'adresser solennellement aux animaux réunis dans la chaumière de Giselle :

— Écoutez ! Voici le moment que nous attendions tous...

Il fit un signe à la jeune fille.

— La parole est à vous, ma chère !

Giselle tourna le bonhomme de branchages vers les animaux impatients et déclara :

— Permettez-moi de vous présenter... mon prince ! C'est mon rêve qui se réalise !

Pip détailla le personnage d'un œil critique ; il réprima un grognement. Ce n'était pas exactement de l'art ! Un nid servait de cheveux au prince ; des noix formaient ses oreilles ; des brindilles, son corps.

— Si votre rêve ressemblait à ça, remarqua-t-il, vous devriez peut-être réfléchir avant de vous coucher, ce soir...

— Oh non ! s'alarma Giselle, ses doux yeux saphir écarquillés d'angoisse.

— Quoi ? Que se passe-t-il ?

— Mon prince ! J'ai oublié ses lèvres !

— Et alors ? demanda un faon. Il lui en faut absolument ?

— Mais bien sûr, voyons !

Giselle sourit. Sans lèvres, comment l'homme de ses rêves pourrait-il jamais l'embrasser ? Il n'existait rien de plus puissant au monde qu'un baiser d'amour pur !

— Il s'agit de fournir une bouche parfaite à mon prince, ajouta-t-elle. Au travail, mes amis !

Là-dessus, elle entonna un refrain romantique et chacun se mit à l'ouvrage. Giselle devait absolument recevoir son premier vrai baiser !

Pendant ce temps, dans la forêt...

Le prince Édouard, cheveux au vent, resserra d'une secousse le lasso qui retenait prisonnier un gigantesque troll.

— Attention, en dessous ! avertit le prince.

Et le troll s'écroula lourdement à terre. La créature était hors d'état de nuire ; Édouard se redressa, la poitrine gonflée d'orgueil. Il était réellement un formidable chasseur de monstres ; un héros, un vrai !

— Extraordinaire, Sire ! approuva Nathanaël, le valet bedonnant du prince. C'est votre dixième troll ce mois-ci !

Il voulut escalader le visage de l'énorme monstre, mais il dérapa sur une lèvre, plongeant malgré lui la main dans sa narine gauche.

Nathanaël grimaça. D'accord, il avait le devoir d'encourager son maître à chasser le troll ; mais cela pourrait quand même être moins... répugnant !

Contemplant leur prisonnier, il s'efforça néanmoins de sourire avec politesse.

— Oh, j'adore la chasse aux trolls ! s'exclama-t-il sur un ton qu'il pensait crédible. Tous les trolls ! Des grands, des petits, des trolls, des trolls, et encore des trolls !

Blasé, Édouard considéra à son tour la créature. Le regard bleu du prince avait perdu de son éclat. Depuis un moment, la chasse ne lui procurait plus autant de joie qu'avant. Comme si cela ne lui suffisait plus...

— Tu vois, Nathanaël, soupira le prince Édouard. Les trolls, c'est bon pour passer le temps. Mais mon cœur se languit d'une compagne...

Tout à coup, il s'interrompit. Une voix fascinante venait de s'élever dans le lointain. Un chant clair, léger comme le clapotis d'un cours d'eau fraîche ! Le prince en resta un instant médusé.

— Tu entends ça, Nathanaël ?!

— Moi, Sire ?

Le valet déglutit avec peine.

— Heu... Non, je n'entends rien ! Absolument rien du tout, Votre Altesse !

Seulement, le prince ne l'écoutait pas ; il décida soudain :

— Je dois trouver la jeune fille à laquelle appartient cette voix si douce !

Et d'un bond prodigieux, il sauta en selle.

— Au galop, Destinée !

L'étalon à la robe d'un blanc immaculé fonça aussitôt en avant. Monture et cavalier s'élancèrent dans la forêt, à la poursuite du chant enchanteur !

— Tout cela ne me dit rien qui vaille, geignit Nathanaël. Après tant d'années de chasse aux trolls, et dans l'unique but d'empêcher le prince de rencontrer une jeune fille... La reine Narissa ne va pas apprécier !

Il imagina un instant la sévère souveraine, si belle et si... machiavélique à la fois.

Elle envoyait de plus en plus souvent Édouard, et donc Nathanaël, à la chasse, ces derniers temps. Elle voulait tenir son charmant beau-fils à l'écart des jeunes filles à marier du royaume. Jusqu'ici, son plan avait parfaitement fonctionné. Et voici que tout menaçait de s'écrouler d'un coup !

« Que vais-je faire ? se demanda Nathanaël, affolé que son maître puisse courir après la merveilleuse voix d'une – forcément – merveilleuse jeune fille. La reine Narissa m'a bien chargé de veiller à ce que le prince Édouard ne rencontre JAMAIS le grand amour... Oh là là ! »

Soudain, un grognement sourd l'arracha à ses pensées : le troll reprenait connaissance ! Nathanaël sourit : ça lui donnait une idée de génie ! Vite, il tira une dague de sa ceinture et coupa les liens de la créature qui s'élança après le prince Édouard... sous le regard satisfait du valet !

Son fidèle destrier lancé au triple galop, Édouard traversait justement la forêt en direction du chant cristallin... lorsque le troll lui bondit par-dessus la tête ! Le charmant prince en fut tout surpris, surtout que le monstre continua son chemin sans s'arrêter, distançant Destinée en moins de deux.

Édouard le chasseur n'intéressait plus le troll ; la jeune fille à la voix si délicate était devenue sa priorité !

Elle ferait un en-cas de choix...

— Tu ne l’emporteras pas, troll nauséabond ! s’exclama alors le prince Édouard. Cette damoiselle est mienne !

Trop tard : le troll était déjà loin.

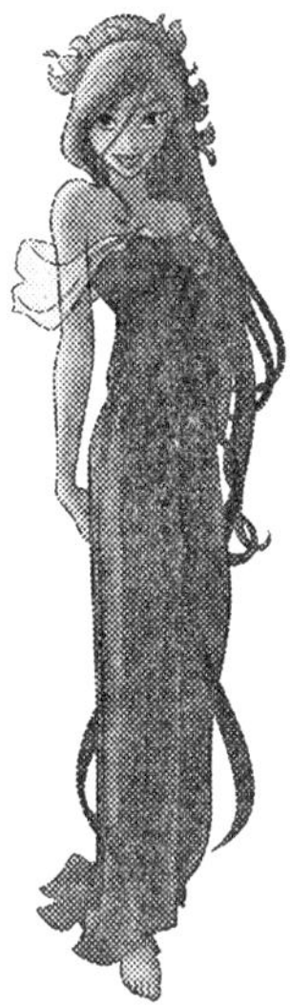

2

— Vous croyez vraiment que « l'homme-de-vos-rêves » existe, douce Giselle ? demanda Pip.

Assise à la fenêtre, la jeune fille contemplait l'horizon. Elle venait d'achever sa chanson d'amour. Elle se tourna vers son compagnon en soupirant :

— Oh, Pip ! Je sais qu'il est là, quelque part dans les bois...

Manque de chance, celui qui arriva à cet instant sortait plutôt d'un cauchemar ! Son œil énorme et cruel apparut à la fenêtre ; mais Giselle lui tournait le dos et ne le vit pas.

— Le... le... le..., bégayèrent ses amis les animaux, terrorisés, afin de l'avertir.

— Le... le... le quoi ? questionna Giselle.

— Le bon plat que voilà ! rugit le troll en passant son gros bras par la fenêtre pour attraper la jeune fille.

Dans un cri, Giselle s'écarta de la fenêtre.

— Repli général ! ordonna Pip à la cantonade.

Les petits animaux de la forêt s'empressèrent de lui obéir, tandis que le troll plongeait son poing massif à travers le toit de la chaumière.

— J't'ai eue ! hurla-t-il en saisissant un objet, dans le salon.

Mais il se trompait. Car Giselle, s'étant faufilée entre ses doigts, courait maintenant sur le toit, d'où elle se jeta dans l'arbre le plus proche.

— Hein ? s'étonna le troll.

Il sortit le bras de la chaumière et cligna des yeux, abasourdi. Ce qu'il serrait dans sa main, c'était en fait le bonhomme de branchages ! Il se fâcha :

— Hé ! Tu triches ! Moi vouloir manger toi !

« Heureusement, les trolls sont stupides ! » se félicita Giselle en grimpant plus haut dans l'arbre. Le monstre se jeta néanmoins à sa poursuite et atteignit bientôt la branche où elle s'était réfugiée.

— Oh non, pas de ça, gros tas ! s'égosilla Pip en l'apercevant, de la branche du dessus.

Et à la vitesse d'un boulet de canon, il se précipita dans le vide. Il atterrit sur le crâne du troll, qui sonna creux. Sous leur poids à tous les trois, la branche se mit alors à ployer dangereusement.

— Oups ! se dit Pip. Il faut que je me calme sur les noisettes !

Giselle s'agrippait de toutes ses forces à la branche, mais elle glissait, glissait...

— Toi, miam ! éclata de rire le troll quand...

Tchac ! Le monstre fronça les sourcils ; une lame venait de se ficher dans sa manche, le clouant à l'arbre. Giselle n'eut pas le temps de se demander qui avait lancé l'arme, car elle le reconnut immédiatement : c'était lui, le prince de ses rêves ! Il galopait vers elle sur son cheval blanc...

— Ne craignez rien, gente damoiselle ! lui cria Édouard. Je suis là !

La voix de son prince ramena brusquement Giselle à la réalité. Réalité dans laquelle elle se cramponnait en vain au bout d'une branche, la tête en bas ! Sa chute risquait d'être vertigineuse...

— Je vous tiens ! crissa Pip en se ruant jusqu'à la jeune fille.

Juste comme elle lâchait prise, il la rattrapa par l'orteil. Il poussa un soupir de soulagement... mais voici que Giselle recommença à glisser !

Elle pesait trop lourd pour lui. Après tout, Pip avait un cœur valeureux mais il n'était quand même qu'un petit écureuil ! Sous ses yeux, Giselle s'écrasa sur la branche juste en dessous.

— Oh, oh ! murmura le troll tandis que sa branche à lui, soudain plus légère sans Giselle, se détendait brusquement et le catapultait haut dans les airs !

Débarrassée de la menace d'être mangée, la jeune fille se trouvait toujours en mauvaise posture : elle se remettait à glisser de sa nouvelle branche !

— Pip ! appela-t-elle, paniquée.

Elle ne s'agrippait plus que par quatre doigts, puis trois, puis deux...

— Tenez bon ! hurla l'écureuil.

Il se lança vers elle, afin de la saisir par le pouce. Trop tard. Dans un cri d'effroi, Giselle dégringola dans le vide... et atterrit pile dans les bras protecteurs du prince Édouard, au pied de l'arbre !

— Ça alors ! articula-t-elle dans un souffle.

Le prince planta son regard bleu lumineux droit dans le sien. Des yeux en tous points semblables aux pierres scintillantes de son prince de branchages.

— C'est vous, ajouta Giselle, le cœur battant.

— Oui, c'est bien moi ! sourit le prince Édouard. Et vous, vous êtes...

— Giselle.

— Hé bien, ma Giselle... nous nous marierons demain matin, en mon château ! annonça soudain le prince, charmé.

Aucun doute : le prince Édouard et Giselle venaient de trouver le grand amour !

Mais cette scène émouvante n'attendrissait pas tout le monde. Des profondeurs de son palais, une souveraine majestueuse consultait sa boule de cristal, à travers laquelle elle venait d'assister au coup de foudre des jeunes gens.

Il s'agissait de la reine Narissa. Et elle bouillait de colère ! Depuis le temps qu'elle repoussait cet instant maudit... et voici tous ses efforts gâchés, anéantis ! Si Édouard se mariait, elle céderait le trône à son épouse... Dire qu'elle supportait l'horrible dévotion de Nathanaël envers elle afin d'éviter cela ; dire qu'elle tolérait la présence des trolls en son royaume dans cet unique but !

— C'est donc cette sale petite peste de la forêt qui se figure qu'elle va me ravir mon trône, marmonna-t-elle entre ses dents.

De rage, elle envoya valdinguer la boule de cristal, effaçant ainsi l'image des deux jeunes tourtereaux.

— JAMAIS ! hurla-t-elle.

Édouard avait peut-être trouvé le bonheur, mais il n'épouserait jamais Giselle.

Jamais.

En tous cas, pas tant qu'elle, l'immense Narissa, pourrait l'en empêcher...

3

— Oh, excusez-moi !

Giselle était si heureuse et impatiente, en parvenant au château du prince, le lendemain matin, qu'elle avait ouvert la portière du carrosse un peu vite... Nathanaël l'avait reçue en pleine figure !

— Je suis vraiment désolée ! ajouta-t-elle. Suis-je en retard ? Pourvu que je ne sois pas en retard !

Et elle bondit hors de la voiture dans un flot de jupons blancs.

Un mouchoir pressé sur le nez, le valet sourit faiblement en assurant :

— Vous êtes pile à l'heure, damoiselle !

— Dieu merci !

Il s'apprêtait à refermer la portière, quand Pip surgit du carrosse.

— Giselle, attendez ! Nous n'en avons pas encore tout à fait terminé avec vous !

Aussitôt, une armée de petits animaux descendit de la voiture, renversant Nathanaël au passage ; ils étaient bien trop pressés de rejoindre Giselle pour prêter attention au valet !

Deux petits lapins nouèrent un ruban à la taille de la jeune fille, tandis qu'un couple d'oiseaux bleus lui déposait un diadème de diamant sur sa somptueuse chevelure.

— Merci, mes amis !

— De rien, Giselle ! piaillèrent les oiseaux, joyeux.

La jeune fille, toute de blanc vêtue, s'engouffra alors rapidement à l'intérieur du château. Sur ses talons, Nathanaël se retourna, s'inclina poliment devant les animaux... et leur claqua la grande porte au nez !

— Et nous, alors ? fulmina Pip, furieux. On sent le fromage ?!

Les animaux demeuraient à la porte, ne sachant trop que faire. Mais l'écureuil s'éloigna en vitesse, bien décidé à trouver une autre entrée. Il n'était pas du genre à se résigner aussi facilement.

— Dire que dans si peu de temps, Édouard et moi... !

Giselle suivait Nathanaël dans la cour principale du palais royal. Elle n'arrivait pas à croire en son bonheur. Elle répétait :

— Dire que lui et moi... Dire que nous... Dire que... Oh !

Une vieille femme très laide venait juste de se placer en travers de son chemin.

— Bonjour, ma mignonne, dit-elle d'une voix grinçante. Quelle jolie jeune mariée !

— C'est bien aimable à vous, madame, répliqua Giselle, un peu effrayée.

Elle essaya de repartir, mais la femme lui bloqua le passage en ajoutant :

— La vieille grand-mère a un cadeau de mariage pour toi, mon enfant !

Giselle toussota. Elle avait la certitude absolue de ne rien vouloir de ce qu'avait à lui offrir cette femme. Mais elle ne voulait pas non plus se montrer impolie.

— Merci, madame, articula-t-elle. Mais je suis très pressée, vous comprenez...

— C'est un puits à souhaits, ma belle ! l'interrompit la grand-mère.

Et attrapant Giselle par le bras, elle l'entraîna jusqu'à une splendide chute d'eau qui s'écoulait dans un puits ancien.

— Mais mes souhaits les plus chers sont déjà sur le point de se réaliser ! protesta la jeune fille quand l'aïeule la poussa vers le puits. Pardonnez-moi, je dois vraiment y aller, maintenant...

— Un vœu formulé le jour de ton mariage est plus magique que les autres ! insista la vieille femme, ses yeux brillants d'une lueur mauvaise. Ferme les paupières, ma chérie, et fais un souhait. Penche-toi bien sur la margelle... Alors, ce vœu ?

Giselle se sentit pesante, soudain. Comme si le puits l'attirait à lui.

— Oui, j'en ai un, madame...

Les yeux clos, elle murmura :

« Et ils vécurent heureux jusqu'à la fin des t... »

Elle ne put terminer sa phrase : la vieille femme la poussa dans le puits !

Giselle hurla en tombant dans le trou. Son cri la suivit, se répercutant le long des parois de pierre. Il ne se tut pas. Simplement il disparut, comme happé dans une autre dimension.

Dans la cour, l'aïeule ricana toute seule.

« Le crime parfait, se félicita-t-elle à voix basse. Pas un témoin à la ronde ! »

Elle se trompait : Pip avait tout vu ! L'écureuil était parvenu à se frayer un chemin dans l'enceinte du château.

Sa chère Giselle, engloutie dans le puits ! Sur le moment, il en était resté paralysé d'effroi. Puis, subitement, il se ressaisit.

— De l'aide ! lança-t-il. Édouard ! Il nous faut de l'aide !

Vite, il bondit à la recherche du valeureux prince. Dommage : il rata ce qui se passa ensuite...

— *Speciosus, formosus, praeclarus*, psalmodia l'horrible vieille sorcière.

Son visage se mit à se transformer... et elle redevint la reine Narissa !

— Où ? bredouilla une voix, dans l'ombre.

Il s'agissait de Nathanaël. Il surgit dans la cour, l'air affolé.

— Où, ma reine adorée ? demanda-t-il à nouveau en jetant un coup d'œil dans le puits. Où l'avez-vous envoyée ?

La souveraine ricana avec cruauté.

— Dans un endroit où les « et ils vécurent heureux jusqu'à la fin des temps » n'existent pas !

Quelle chute ! Giselle n'en finissait pas de tomber dans le puits, en pirouettant dans le vide. Elle remarqua quelque chose de bizarre : de la poussière scintillante flottait partout autour d'elle. Et à l'instant où elle se déposa sur sa peau, sur sa robe, sa personne entière changea d'aspect !

Giselle eut l'impression de prendre du volume... Comme si elle venait de passer en 3D ! Au-dessus de sa tête, une volute de poussière argentée tournoya sous la forme d'un couple de danseurs, et BOUM ! la jeune fille atterrit quelque part, dans l'obscurité la plus complète.

Plus de poussière brillante, plus un bruit. Excepté le ploc ! ploc ! ploc ! de l'eau qui goutte. Giselle soupira, catastrophée ; elle était certainement loin, bien loin d'Andalasia !

Elle scruta les environs, la peur remplaçant sa joie habituelle, et repéra bientôt cinq petits trous par lesquels s'évadaient des rais de lumière, devant elle. Ah ! Une issue ! Enfin !

Giselle s'approcha, regarda à travers les trous. Il s'agissait d'une sorte de couvercle. Une lourde plaque de métal qu'elle déplaça sur le côté. Elle s'extirpa ensuite de cette étrange trappe toute ronde... et déboucha dans l'inconnu.

4

— Oh, ça alors !

Giselle se trouvait dans un endroit étrange, chargé de prodiges qu'elle n'aurait même jamais imaginés.

Des bâtiments immenses s'élevaient dans le ciel. Des images mouvantes animaient de hauts panneaux lumineux. Des lumières intenses clignotaient partout. Des véhicules jaunes qui avançaient sans attelage passaient à toute vitesse devant elle. Et il y avait des gens absolument *partout* !

La jeune fille l'ignorait, mais elle avait atterri dans Times Square, au cœur de New York, aux États-Unis. Un lieu bruyant, animé, plein de touristes, de magasins, de cinémas et de théâtres.

Giselle sortit tant bien que mal dc la bouche d'égout. La jupe bouffante de son imposante robe de mariée se coinça dans le trou avant de pouf ! se libérer d'un coup et reprendre sa forme initiale.

La jeune fille se redressa. Lorsque...

Pouët !

Des coups de klaxon retentirent. Quatre voitures pilèrent net afin de ne pas renverser Giselle, provoquant ainsi un magnifique carambolage ! Dans sa grosse robe blanche, la jeune fille ne passait pas inaperçue, au milieu de la chaussée... Comme un bol géant de crème fouettée !

Les conducteurs descendirent de voiture en criant. Ils paraissaient se disputer entre eux, alors Giselle rassembla ses encombrants jupons et se précipita sur le trottoir.

— Bonjour ! dit-elle en saluant la foule de passants. Veuillez m'excuser ! S'il vous plaît ! L'un d'entre vous aurait-il l'amabilité de m'indiquer le chemin du château ?

Mais personne ne lui prêtait attention ; elle persévéra. Ces gens ne ressemblaient pas aux habitants d'Andalasia : cela ne signifiait pas pour autant qu'ils ne pouvaient pas lui venir en aide.

— Je vous en prie ! Pouvez-vous au moins me montrer la direction du château ?

Elle chancela : elle venait de bousculer quelqu'un.

— Hé ! protesta la personne, perdue dans les plis de ses jupons. Vous ne pouvez pas faire gaffe, non ?!

Giselle ramena sa robe vers elle. Un petit homme en costume strict en émergea, sourcils froncés, l'air fâché.

— Grincheux ! crut le reconnaître Giselle.

— Vous êtes folle, ou vous faites semblant ? grogna l'homme, hors de lui, avant de partir.

« Hé bien, songea la jeune fille. Voilà un vrai grincheux, à défaut *du* vrai Grincheux ! »

Elle recula, se retrouva emportée dans une marée de piétons pressés qui l'entraînèrent à nouveau sous terre : le sombre métro new-yorkais.

Revenant du travail, les voyageurs, impatients de rentrer chez eux, ne semblaient pas voir Giselle. Ils la poussèrent au bas des escaliers. Elle s'égosilla :

— S'il vous plaît ! Je suis censée me rendre au bal. Le bal de mon mariage avec mon bien-aimé, le prince Édouard !

Un peu plus tard, Giselle ressortit du métro dans un quartier bien différent. Des ordures jonchaient la rue bordée de vilains petits bazars. La jeune fille se sentait aussi misérable que son environnement. Sa magnifique robe blanche était toute tachée, la somptueuse coiffure que ses amis les animaux lui avaient concoctée pour la cérémonie de mariage s'effondrait...

Et elle avait si mal aux pieds ! Décidant qu'elle ne pourrait faire un pas de plus, elle s'assit sur le perron d'un bâtiment. À côté d'elle, un mendiant écarquilla les yeux de surprise. Il la fixait comme si elle venait d'une autre planète. Ce qui n'était pas entièrement faux !

— Oh, bonsoir, vieil homme, fit Giselle avec douceur. Puis-je m'asseoir en votre compagnie ? Je suis très lasse, et effrayée. Je ne m'étais encore jamais autant éloignée de mon logis, et je ne sais trop où je suis. Si seulement quelqu'un pouvait me témoigner un peu de gentillesse ; un salut amical, ou même un sourire... À n'en pas douter, cela me remonterait le moral !

Le mendiant crasseux grimaça alors une espèce de sourire édenté, dévoilant d'immondes gencives hérissées de chicots.

Giselle déglutit avec difficulté ; ce n'était pas exactement l'encouragement qu'elle recherchait...

— Vous avez un sourire... charmant, mentit-elle.

Et en moins de temps qu'il n'en faut pour le dire, voici que le vagabond s'empara du précieux diadème de la jeune fille avant de s'enfuir à toutes jambes !

— Oh non ! s'écria Giselle tandis que ses longs cheveux roux lui retombaient en cascade dans la figure.

Elle s'élança à la poursuite du voleur.

— Revenez ! Je vous en prie !

Mais il tourna le coin de la rue et disparut. Giselle jeta :

— Vous n'êtes pas un vieil homme très sympathique !

Une averse subite la trempa instantanément jusqu'aux os. Elle avait toujours souhaité vivre une aventure... mais trop, c'est trop !

Brusquement, elle aperçut un panneau, au loin. Un signe du destin !

L'affiche disait :

CASINO PALACE D'ATLANTIC CITY :
LÀ OÙ LES RÊVES DEVIENNENT RÉALITÉ.

Un fabuleux château rose surmontait le slogan.

« Mon château ! » s'extasia Giselle, l'œil étincelant de joie.

Pour la première fois de la journée, elle savait enfin où elle allait !

Pendant ce temps, dans l'un des plus importants cabinets d'avocats de New York, Robert Phillip s'ennuyait ferme dans son bureau. Le séduisant spécialiste en divorce contemplait tour à tour ses clients d'un air morne. Les Banks négociaient âprement les termes de leur séparation.

— Non, Ethan ! hurla Phœbe Banks à son mari. Je ne te laisserai jamais Hank !

— Tu veux le garder juste pour m'embêter ! l'accusa Ethan Banks.

L'avocat de ce dernier se mit à fouiller dans ses dossiers. En vain.

— Une minute, s'il vous plaît ! déclara-t-il. Je suis perdu, là. Qui c'est, ce Hank ?

Les Banks le regardèrent avec surprise. Ethan semblait penser que son avocat venait de sortir une véritable ânerie !

— Hank Aaron, l'informa-t-il. De l'équipe des Braves du Milwaukee ! Sa carte *collector* de 1954 !

Robert Phillip haussa un sourcil. Incroyable ! Ce divorce tournait à l'absurde !

— Une carte de base-ball ? lança-t-il, sidéré. Vous ne pouvez pas vous mettre d'accord sur... une simple carte de base-ball ?!

Il soupira profondément ; au même moment, Sam, son assistant, entra dans le bureau et lui fit signe.

— C'est l'heure !

Robert se leva, rassembla ses papiers, ferma son attaché-case en expliquant :

— Veuillez m'excuser. Je dois aller chercher ma fille !

Il lui annoncerait ce soir même qu'il comptait demander Nancy en mariage. Une décision censée, pratique et raisonnable. Tout ce qu'il souhaitait dans une relation.

5

— Alors, comment ça s'est passé, Morgan ? demanda Robert Phillip en boutonnant l'imperméable de sa fille.

Le cours de karaté de la fillette venait de se terminer, et les élèves envahissaient le trottoir.

— Tu avais dit qu'on se faisait des amis, papa ! se plaignit Morgan. Mais tout le monde se tape dessus, ici !

— C'est normal, ma chérie, remarqua l'avocat en hélant un taxi. C'est du karaté !

— Tu avais dit que si ça ne me plaisait pas, je pourrais...

Robert poussa un gros soupir. Il passa la main dans son épaisse chevelure sombre et s'efforça, l'air las, de ne pas froncer les sourcils.

— Je sais, Morgan. Mais pourquoi ne pas attendre de voir ce que ça donne ? Parfois, il faut laisser du temps aux choses, tu comprends ?

— Sans doute, se résigna la fillette dans un haussement d'épaules.

Elle n'aimait pas le karaté... mais elle *détestait* surtout décevoir son père.

— Au revoir, Morgan ! jeta alors un élève de sa classe en approchant, tout sourire.

La fillette de six ans se cacha timidement derrière son père.

— Allons, ma chérie, l'incita ce dernier. Réponds !

Elle agita vaguement la main. Son père ouvrit la portière du taxi jaune qui venait de stopper et tous deux s'engouffrèrent à l'arrière.

— 116, Riverside, indiqua Robert au chauffeur.

Il boucla la ceinture de sécurité de sa fille, et la voiture démarra.

— Je t'ai acheté un petit quelque chose pour te récompenser de tes efforts au karaté ! déclara fièrement l'avocat.

Il sortit un paquet-cadeau de son attaché-case et le déposa sur les genoux de la fillette.

— Pour moi ?! sourit Morgan.

— Il faut que je te prévienne : ce n'est pas le recueil de contes de fées que tu voulais... Mais je suis sûr que ça va te plaire...

La petite fille déchira vite le papier d'emballage et...

— Un livre ?

Et pas n'importe lequel ! Ni un conte de fées, comme celui que vous êtes en train de lire ; ni un récit d'aventures ; ni même l'histoire amusante d'une fillette de six ans. Non, il s'agissait d'un ouvrage intitulé : *Ces femmes qui ont bâti notre époque.*

« Ça doit être ennuyeux à mourir ! » pensa Morgan. Mais elle était bien élevée et fit mine d'être contente.

— Merci, papa.

— Cela parle des femmes célèbres du vingtième siècle, s'empressa d'expliquer Robert, s'étant aperçu de la déception de sa fille. Des femmes intelligentes et talentueuses, qui se sont battues pour imposer leurs idées !

— Mmm, murmura machinalement Morgan en regardant défiler le paysage, par la fenêtre.

L'avocat soupira à nouveau. La libraire lui avait affirmé que toutes les petites filles du monde adoreraient un livre comme celui-ci. Hé bien pas toutes, à l'évidence ! Il s'empara du bouquin, le feuilleta un instant et montra une photographie à Morgan.

— Tiens, ma chérie : elle, c'est Rosa Parks[1]. Elle, c'est Marie Curie. Une remarquable scientifique ! Elle a consacré sa vie à la recherche.

Il s'éclaircit la gorge avant d'ajouter :

— Elle a reçu tellement de radiations, au cours de ses expériences, qu'elle en est morte.

— Elle en est morte ? répéta Morgan, effarée.

— Oui, admit son père. Elle s'est sacrifiée au nom de la science car...

Son téléphone portable retentit soudain, lui épargnant de plus amples explications.

— Allo ? Oh, c'est toi, Nancy ! Demain matin ? Parfait. Vers 7 h 30 ? Bien.

1. Rosa Parks est une figure emblématique de la lutte contre la discrimination raciale aux États-Unis.

Il adressa un grand sourire à sa fille.

— Oui, je suis avec Morgan. D'accord. À plus tard !

Il raccrocha. Morgan se tourna à nouveau vers la fenêtre.

— Nancy a un travail monstre ! confia-t-il à la fillette. Avec l'ouverture de sa maison de couture et tout... Tu vois, elle est comme ces femmes, dans ton livre. Une personne à tenir en haute estime. Que *tu* peux tenir en haute estime !

Robert passa un bras autour des épaules de sa fille avant d'ajouter :

— Ma chérie... Je vais demander à Nancy de m'épouser !

— Pardon ?! s'étrangla Morgan, soudain plus attentive.

— Tu l'aimes bien, n'est-ce pas ?

La fillette réfléchit un instant, puis elle lança :

— Elle est... O.K.

— On s'entend bien tous les trois, non ? insista l'avocat. On s'amuse plutôt pas mal ?

— Et où elle va habiter ? interrogea brusquement Morgan.

— Eh bien, avec... nous.

La petite fille parut préoccupée.

— Je devrai lui laisser ma chambre ?

— Non, ma chérie, assura Robert Phillip. Tu garderas ta chambre. Ça va être génial, tu peux me croire. Elle n'essaiera pas de remplacer ta mère, tu le sais.

— Elle sera ma *belle*-mère, rectifia Morgan.

— Oui. Nancy sera une super belle-mère ! Elle veut même te conduire à l'école, demain matin. Juste toi et elle, pour créer des liens. Entre femmes, quoi !

— Je n'ai que six ans, papa.

— Mais tu grandiras vite, ma chérie, remarqua l'avocat dans un sourire étincelant.

Le taxi attendait à un feu rouge, et Morgan recommença à regarder par la fenêtre.

— Dis, papa... Pourquoi il y a une princesse qui est montée sur le panneau, là, près du château ?

La fillette était sérieuse. Là, juste dehors, perchée à des mètres au-dessus d'eux, Giselle tambourinait contre le panneau, priant qu'on lui ouvrît la porte du château. Elle s'était débrouillée pour grimper à l'échelle, et ne repartirait pas tant qu'on ne l'aurait pas laissée entrer !

Mais Robert Phillip consultait ses e-mails, sur son mobile.

— C'est une publicité, Morgan, répondit-il sans lever les yeux de son écran. Il s'agit d'un mannequin.

Morgan était cependant bien décidée à découvrir ce qui se passait. Sa curiosité l'emporta même sur sa timidité naturelle ! Elle bondit hors du taxi en hurlant :

— Elle est là ! Elle est là pour de vrai !

Cette fois, son père réagit ; il s'élança derrière elle.

— Arrête, Morgan ! Que fabriques-tu ?!

Suivant son regard, il aperçut Giselle qui venait de lâcher prise et glissait lentement le long de l'affiche.

— Attendez-moi ici. Hé, vous ! héla-t-il la jeune fille.

Giselle mit un petit moment à comprendre que ces cris ne provenaient pas du château, mais de la rue en dessous.

— Oh, bonsoir ! jeta-t-elle avec un pâle sourire.

Son pied dérapa ; elle tomba, s'agrippant de justesse à une rambarde de sécurité. Mais elle ne se retenait que d'une main. Et du bout des doigts !

— Aaaaah ! s'écria-t-elle.

— Papa, rattrape-la ! supplia Morgan.

— Oh non !

Robert Phillip courut jusqu'au panneau.

— Attendez une seconde ! J'arrive !

Mais Giselle ne pouvait tenir plus longtemps. Et elle plongea droit dans le vide, exactement comme quand elle était tombée de l'arbre, en Andalasia...

— Wow ! s'exclama-t-elle en atterrissant à moitié dans les bras de Robert, à moitié sur le trottoir.

— Wow ! gémit Robert qui s'était fait mal au bras.

Morgan, elle, se portait au mieux. Elle se précipita au secours de Giselle.

— Rien de cassé ? s'enquit-elle en aidant la jeune fille à se relever.

— Je vais bien, répondit Giselle.

— Tant mieux, articula Robert d'un ton sarcastique. Je suis ravi que *vous*, vous alliez très bien !

— Qu'est-ce que vous faisiez, en haut du panneau ? demanda alors Morgan.

Le visage de Giselle s'éclaircit : enfin quelqu'un qui s'intéressait à elle !

— Je cherchais de l'aide, expliqua-t-elle. Je marche depuis des heures et des heures. Et les gens ne sont pas très serviables avec moi...

— Bienvenue à New York ! ironisa Robert.

— Oh, merci ! s'exclama Giselle sans comprendre le sarcasme de l'avocat.

Elle était si contente qu'on l'accueille enfin avec gentillesse ! Robert haussa les épaules.

— Vous êtes sûre que ça va ? insista-t-il. Vous voulez que j'appelle quelqu'un pour vous ?

— Nous sommes trop loin pour qu'on vous entende, voyons ! s'étonna la jeune fille.

Un violent coup de tonnerre déchira soudain le ciel. Pour sa part, Robert aurait volontiers souhaité bonne nuit et bonne vie à Giselle avant de remonter en taxi... Mais Morgan le fixait de ses grands yeux de chien battu. Il soupira. L'idée de ramener une étrangère égarée chez lui ne lui plaisait pas beaucoup... Mais décevoir sa fille le contrariait encore plus.

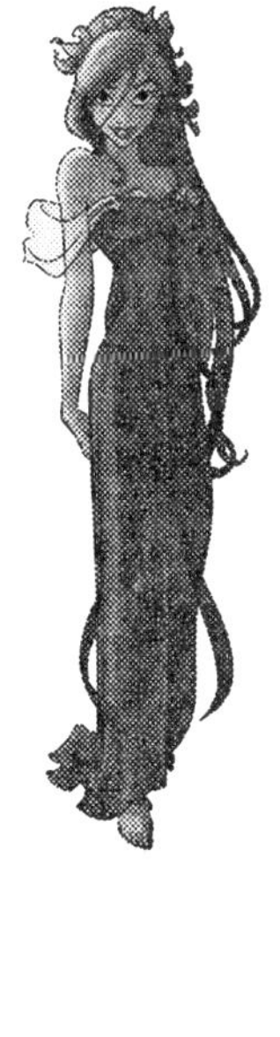

6

Morgan, Robert et Giselle sortirent de l'ascenseur de l'immeuble.

— Et alors, raconta Giselle en traversant le couloir, la vieille femme m'a conseillée de regarder tout au fond du puits et de faire le vœu le plus cher à mon cœur ! Mais j'ai dû tellement me pencher, que je suis tombée. Mon Dieu, quelle chute ! Et puis après, je suis ressortie par cet étrange trou rond, dans le sol. Là, j'étais complètement perdue ! Jusqu'à ce que je tombe du château, et me voici avec vous !

Il pleuvait à verse maintenant, et le soir s'était beaucoup rafraîchi ; la douce chaleur de l'immeuble n'en était que plus accueillante.

En guidant la jeune fille à son appartement, Robert s'étonna de son air... *affreusement* joyeux. Elle venait quand même d'avoir un accident, et sa robe était toute trempée !

— Et vous tombez souvent, comme ça ? lui demanda-t-il soudain.

— Oh, il y a toujours quelqu'un qui me rattrape, répliqua-t-elle. Mais ne vous inquiétez pas ! Je suis certaine qu'Édouard est déjà à ma recherche. D'ici à demain matin, il viendra me sauver de ce pays bizarre. Il me ramènera à la maison, où nous échangerons enfin notre vrai baiser d'amour !

Robert Phillip haussa un sourcil interrogateur. Il était avocat. Il croyait à la loi, à la logique des choses. Certainement pas aux contes de fées, ni à la magie !

— Un vrai baiser d'amour ? répéta-t-il, sceptique.

Giselle hocha la tête.

— Il n'existe rien de plus puissant au monde ! assura-t-elle d'un ton solennel.

Robert s'efforça de ne pas lever les yeux au ciel. Il marmonna : « O.K. », mais Giselle ne comprit pas la moquerie. Elle venait de penser à quelque chose.

— Il me faudrait un endroit où me reposer pour la nuit, dit-elle.

— Et quelle sorte d'endroit ? grogna Robert, méfiant.

— Oh, je l'ignore au juste. La prairie la plus proche, ou le creux d'un arbre.

— Un arbre ?!

« Ouahou ! Cette fille est vraiment... différente ! songea l'avocat. Elle envisage d'aller camper à Central Park, ou quoi ?! »

Pourtant, le pire restait à venir. Elle ajouta :

— Ou une chaumière de nains, tiens ! J'ai entendu dire qu'ils étaient très hospitaliers.

— Bon, écoutez, trancha Robert en déverrouillant enfin la porte de son appartement. Tout ce que je peux vous proposer, c'est d'entrer quelques instants pour vous sécher, ou téléphoner. Ma fille et moi nous couchons à heure régulière !

Morgan entra la première, suivie de Giselle, dont la robe immense se coinça dans la porte. Comme dans la bouche d'égout !

— Mais qu'est-ce que c'est que cette robe ?! s'exclama alors l'avocat.

Même pour New York, une robe du soir pareille, c'était plutôt inattendu !

— Elle vous plaît ? sourit Giselle qui essayait de se dégager. Elle est en pure soie. Mes amis les vers m'ont fourni le fil, que j'ai tissé sur mon rouet !

Tandis que son père, dans le corridor de l'immeuble, poussait la jeune fille pour l'aider à entrer, Morgan lui prenait les mains pour la tirer vers elle. Le cerceau, sous les épais jupons, résistait !

— Cette robe... vous l'avez faite vous-même ? s'étonna la fillette.

— Oh non, pas entièrement ! avoua Giselle. Les souris et les lapins ont participé à la couture.

— Quel talent ! s'extasia Morgan.

Au même moment, la jeune fille se décoinça brusquement de la porte, mais pas son cerceau, par malheur ! Elle fut projetée en avant, littéralement éjectée de l'embrasure et se retrouva par terre au milieu du salon, jupe par-dessus tête.

Giselle rabattit sa robe sur ses jambes sans la moindre honte. Robert était entré à son tour. Elle lui adressa un beau sourire.

— Je vais vous appeler un taxi, proposa-t-il immédiatement.

Il balaya la pièce du regard, en quête de l'annuaire. Mais il régnait un désordre incroyable et il fut incapable de le trouver. Une seconde, Robert Phillip regretta amèrement de ne pas savoir mieux entretenir sa maison.

— Et si elle dormait ici, papa ? suggéra Morgan.

— Non, ma chérie, s'empressa de refuser l'avocat. Définitivement NON !

Étendue sur le canapé, Giselle bâilla à s'en décrocher la mâchoire. Sa récente mésaventure l'avait épuisée ! Morgan lui chuchota à l'oreille :

— Vous êtes une *vraie* princesse ?

— Pas encore, souffla la jeune fille. Mais bientôt je...

Elle s'endormit au milieu de sa phrase. Morgan n'en revenait pas !

— Dis donc, papa : elle avait vraiment sommeil !

L'avocat leva le nez de l'annuaire qu'il avait finalement déniché sous un coussin et aperçut Giselle, couchée sur le sofa.

— Ah non ! C'est hors de question !

— Tu ne vas quand même pas la mettre dehors, papa ? minauda Morgan.

— Ma chérie : au lit, s'il te plaît ! ordonna Robert, sourcils froncés.

— Je crois que c'est une vraie princesse, tu sais...

— Morgan ! Tu te rappelles notre petite conversation à ce sujet, n'est-ce pas ?

— Oui, papa, mais...

— Porter une drôle de robe ne fait pas d'elle une princesse, insista Robert. C'est juste une jeune femme gravement perturbée... qui nous est tombée sur les bras !

« Et qui aurait plus besoin d'un psy que de notre compassion ! » termina-t-il tout bas.

— Alors... on ne lui permet pas de rester ? en conclut la fillette.

— Hé non ! Enfile ta chemise de nuit et file vite te coucher, maintenant. Oh... et bonne nuit, surtout...

Robert serra sa fille contre lui, puis il la regarda se rendre à pas de loup dans sa chambre. Quand elle eut refermé sa porte, il s'empara du combiné téléphonique et composa un numéro.

— Je voudrais un taxi pour le 116, Riverside, commanda-t-il.

Mais l'opérateur, à l'autre bout du fil, ne l'écoutait pas.

— Ne quittez pas, monsieur !

Il déclencha la petite musique d'attente ; Robert se tourna vers la fenêtre en soupirant. La pluie frappait au carreau sans discontinuer. Quel temps !

Dans son dos, Giselle s'étira en marmonnant sans s'éveiller. L'avocat fit volte-face, et son cœur se mit à battre la chamade. La lampe, à côté du canapé, baignait la jeune fille d'une lueur enchantée. Son teint frais et lumineux, ses cheveux flamboyants comme le halo d'un coucher de soleil...

Morgan avait raison, réalisa alors Robert. Elle avait tout d'une princesse. Bon, d'accord. Elle semblait un peu... spéciale. Mais pas dangereuse ! Devait-il absolument la renvoyer sous la pluie torrentielle ?

La musique d'attente cessa.

— Bonsoir, monsieur ! reprit l'opérateur. Je vous écoute !

Robert raccrocha. Il avait l'affreux pressentiment qu'il ne tarderait pas à regretter d'avoir annulé le taxi... Mais comment abandonner cette pauvre Giselle à la nuit glaciale ?

Pendant ce temps, en Andalasia...

Pip avait fini par tout raconter au prince Édouard. Aussitôt, ce dernier entra en action ! Sa cape pourpre flottant au vent, l'œil brillant d'un éclat héroïque, il plongea sans hésiter dans le puits... et fut happé dans le vortex reliant les deux univers. Il tomba, tomba, tomba, cerné partout de poussière scintillante.

— Ne craignez rien, Giselle ! s'écria le prince. Je vole à votre secours !

Pip, qui avait bien dû le suivre, se lamenta :

— Et qui volera à mon secours, à moi, hein ?!

Il ne put gémir plus longtemps ; la poudre argentée s'évapora soudain et boum ! les deux compères atterrirent sur un sol bien concret !

Times Square. Trois ouvriers s'affairaient autour d'une bouche d'égout. Celle-là même d'où Giselle était sortie, quelques heures auparavant. Les hommes s'apprêtaient à poser une nouvelle plaque sur le trou, lorsqu'un drôle de sifflement s'en échappa. Et voici qu'un fringant prince de conte de fées en surgit et se posa avec prestance sur la barrière de sécurité qui encerclait la bouche d'égout béante.

Les ouvriers abasourdis le fixaient sans bouger. Le prince Édouard toisa à son tour ces trois étranges créatures, devant lui.

— Hé, vous !

« Des paysans, pensa-t-il. Mais je me demande bien dans quelle contrée je me trouve, par exemple ! »

Le chef de chantier, un costaud, interpella Édouard, qu'il considérait comme un rigolo en collants...

— Vous n'avez rien à faire ici ! C'est plein de matériel et de...

Ni une, ni deux, le prince dégaina son épée.

— Silence, manant ! Ton nom, vite !

— Heu... Arty, bredouilla l'ouvrier.

— Es-tu l'allié de cette odieuse vieille sorcière qui a envoyé ma tendre Giselle dans ces lieux effroyables... Art-ti ?!

Édouard avait du mal à prononcer ce nom bizarre qu'il entendait pour la première fois. À cet instant, Pip fut propulsé hors de la bouche d'égout. Le prince le cueillit en plein vol et le brandit sous le nez d'Arty :

— Cet homme fait-il partie de ce vil complot, l'écureuil ?

— Non, voulut répondre Pip.

« Voulut », car à la place, sa gorge émit une sorte de petit cri aigu. Horrifié, l'écureuil se saisit le cou à deux pattes. Il venait de réaliser l'atroce vérité : dans ce monde, il ne savait plus parler !

Le prince Édouard lui sourit d'un air compréhensif. Il avait l'habitude de ce genre de problème.

— Pauvre écureuil ! Toi aussi, tu demeures sans voix en ma présence...

Puis, se retournant vers Arty :

— Alors ? Je t'écoute, manant ! Ne joue pas avec ma patience !

— Mais je ne sais même pas de quoi vous parlez ! s'écria le chef de chantier.

— Je cherche une magnifique jeune fille, expliqua Édouard, son ton se radoucissant à l'évocation de Giselle. Le rêve d'un prince. De fins cheveux de soie d'or, un teint d'albâtre. Ma mie, mon unique aimée. De mon duo d'amour, l'éternelle moitié !

— J'en aimerais bien une comme ça, moi aussi, releva Arty.

— Hé bien, ouvre l'œil, et le bon, Art-ti !

Et d'un bond agile, sa cape royale ondulant dans le vent, Édouard sauta de la barrière et se précipita dans la rue. Derrière lui, Pip courait.

Arty et les deux autres ouvriers les suivirent du regard. Puis, ils haussèrent les épaules. Après tout, à New York, il ne faut jamais s'étonner de rien !

7

Giselle s'étira, ouvrit les yeux. Mais où était-elle ? Ah, oui : la sorcière, le puits, ce monde étrange... et la nuit qu'elle venait de passer chez ses nouveaux amis.

« De nouveaux amis bien peu ordonnés ! » nota la jeune fille, navrée. Du linge sale traînait dans le salon, des magazines jonchaient le sol, l'évier croulait de vaisselle en attente...

— Cela ne va pas du tout ! déplora Giselle.

Elle se leva d'un bond du canapé, tâcha de défroisser sa robe blanche et songea :

« Robert et Morgan ont été si bons avec moi. Le moins que je puisse faire pour eux, c'est un peu de ménage ! »

Mais pas sans aide, bien sûr !

Giselle se mit à chanter à la fenêtre d'une belle voix claire. Partout dans la ville, les animaux dressèrent les oreilles, en alerte. D'accord, Manhattan manque cruellement de lapins, de faons et d'oiseaux bleus. Mais il y vit tout de même quelques rongeurs et quelques volatiles. Des rats et des pigeons, pour être précis. Et qui se précipitèrent comme des flèches à l'appartement de Robert Phillip !

Les rats passèrent par les bouches d'aérations, les pigeons par les fenêtres... et des cafards par les canalisations.

Une armée d'assistants se tenait maintenant prête à obéir à Giselle !

La jeune fille, surprise, força un sourire. Ces animaux n'étaient pas exactement ceux auxquels elle s'attendait, mais ils venaient quand même l'aider !

— C'est toujours un plaisir de rencontrer de nouveaux amis ! déclara-t-elle avec bravoure.

Puis, frappant trois fois dans ses mains :

— Allez, allez, tous au travail ! Nettoyez-moi tout ça !

Chacun s'appliqua. Les rats léchèrent les plats et les assiettes sales ; les pigeons chassèrent les moutons de poussière par les fenêtres ; l'équipe de cafards se chargea de sortir les poubelles, avant de filer à la salle de bains !

Giselle chantait en travaillant. Elle fredonnait même alors qu'elle récurait le plancher ! Tous étaient joyeusement occupés ; ils ne se rendirent pas compte qu'ils avaient réveillé Morgan.

La fillette traversa le couloir et tomba droit sur un groupe de rats qui rassemblait le linge sale. Elle écarquilla les yeux devant les bandes de pigeons et de cafards... qui faisaient le ménage !

Dans un petit cri, elle courut à la chambre de son père.

— Papa ! Tu dois voir ça !

Elle le secoua dans son lit :

— Viens ! Vite !

Tiré en fanfare de son sommeil, l'avocat se rua dans le corridor, et écarquilla à son tour les yeux. Mais pas d'émerveillement...

Il fonça dans son salon soudain infesté de vermines, essayant de disperser rongeurs et insectes sur son passage.

— Sortez d'ici ! hurla-t-il.

Il se rendit ainsi avec dégoût à la cuisine, où il s'empara d'un balai.

— Morgan, vite ! Ouvre la porte d'entrée !

Réprimant son envie de crier (après tout, c'étaient des rats !), la fillette tint la porte tandis que son père chassait la foule d'animaux. Quand ils furent tous dehors, elle se dépêcha de claquer la porte et frissonna. Quel silence, tout à coup !

Un silence qu'un bruit d'eau et de voix rompit brusquement. Quelqu'un chantonnait sous la douche !

— Ne bouge pas ! ordonna Robert à sa fille.

Il se précipita à la salle de bains, où un couple de pigeons enveloppait Giselle d'une serviette moelleuse !

— Oh, bonjour, Robert ! lança gaiement la jeune fille. J'espère que vous avez fait de beaux rêves !

L'avocat cligna des paupières : les pigeons... ils aidaient Giselle !

— J'ai l'impression que je rêve encore, bredouilla-t-il.

— Cette pièce est magique ! s'extasia alors la jeune fille en ébrouant sa longue chevelure rousse. D'où provient l'eau ?

— Heu... des canalisations, répondit Robert Phillip, stupéfait.

— Mais où les canalisations la prennent-elles ? insista la jeune fille.

— Je l'ignore ! De... de là où elles la prennent !

— C'est bien ce que je disais : magique !

À cet instant, la sonnette de la porte d'entrée retentit. Morgan alla ouvrir : il s'agissait de Nancy, la fiancée de son père, vêtue comme à l'accoutumée de façon irréprochable. Ses cheveux bruns ondulaient sur ses épaules, et elle avait son téléphone mobile collé à l'oreille. Elle dirigeait une maison de couture réputée ; afficher une allure parfaite, c'était son job.

— Hé ! salua-t-elle Morgan avec entrain. Ma copine !

— Bonjour, Nancy, répondit poliment la fillette.

Nancy discutait en même temps au téléphone.

— Vous dites ?

Puis, fronçant les sourcils :

— Morgan chérie... Tu n'es pas encore habillée ?

— C'est qu'on a eu à faire, en se levant...

Nancy pénétra dans l'appartement et s'exclama :

— C'est impeccable, ici ! Vous avez engagé une bonne ?

— Pas vraiment..., commença Morgan lorsque Giselle et Robert sortirent ensemble de la salle de bains.

— Qu'est-ce que ça signifie ? s'étrangla Nancy.

Robert Phillip la dévisagea, interloqué. Flûte ! Il avait complètement oublié qu'elle devait passer chercher Morgan ! Ça sentait le roussi...

— Qui est-ce ? fulmina encore Nancy.

Giselle finissait d'ajuster la serviette de bain autour d'elle. Elle sourit :

— Oh, bonjour ! Je suis Giselle. Je me rendais au château, pour mon mariage, et...

— Une femme mariée ? interrompit Nancy en se tournant vers Robert.

— Non ! se défendit l'avocat. Elle n'est pas mariée ! Pas encore !

— Pas encore... ? répéta sa fiancée, indignée. Que dois-je comprendre ?

Robert déglutit avec peine. Il n'avait pas bien choisi ses mots. Il essaya de se rattraper :

— Voyons, Nancy ! Giselle avait perdu son chemin ! Je l'ai aidée...

— Et comment ? crissa la jeune femme.

— Je t'en prie, calme-toi. Laisse-moi t'expliquer !

— Aucune chance, Robert !

Sur quoi, Nancy regagna la porte d'entrée. L'avocat lui emboîta le pas.

— Et Morgan ? Tu devais l'emmener à l'école, ce matin ! Créer des liens de femme à femme et tout...

— Balivernes ! rétorqua Nancy en toisant Giselle avec mépris.

Son mobile se mit à sonner, mais elle ne décrocha pas et, furieuse, quitta l'appartement, claquant la porte derrière elle.

— Nancy ! s'époumona Robert en la poursuivant dans les escaliers de l'immeuble.

Il déboula sur le trottoir. Trop tard. Le taxi de sa fiancée disparaissait à l'angle de la rue. Robert songea avec amertume que les choses n'auraient jamais dû dégénérer de la sorte !

Contrarié, il remonta chez lui par l'ascenseur. Une fois dans son appartement, il voulut entrer dans sa chambre, mais se heurta à une porte verrouillée ! Agacé, il frappa avec impatience.

— Oui ? entendit-il Giselle répondre avec entrain.

— Bon, ça suffit ! tempêta Robert. Vous allez ficher le camp, et tout de suite ! Je ne sais pas quel est votre problème exact, si vous attendez le Prince Charmant ou si...

— Le prince Édouard, corrigea Giselle, de l'autre côté de la porte.

L'avocat poussa un profond soupir.

— Qu'importe ! Je vous conduis à un arrêt de bus, à la gare ou à l'aéroport, comme vous voudrez. Mais ne m'en demandez pas plus, dorénavant !

Giselle sortit de la chambre, vêtue d'une petite robe verte toute simple. La coquette virevolta avec grâce et se rendit au salon.

— Où avez-vous trouvé ça ? s'étonna Robert.

— Je l'ai faite moi-même ! Elle vous plaît ?

Faite ? Avec quoi ?! se demanda l'avocat... quand ses yeux se posèrent sur les rideaux de la fenêtre du salon. Une forme de robe avait été découpée à l'intérieur ! Il secoua la tête, accablé.

— Vous êtes triste ? lança Giselle.

— Vous avez fait une robe avec mes rideaux, fit remarquer Robert.

— Oh, vous *êtes* triste ! s'affola la jeune fille. Je suis si désolée, je ne...

— Je ne suis pas triste. Je suis en colère !

Giselle plissa le nez.

— En... colère ?

— Oui. Une sensation très désagréable, la colère. Vous ne connaissez pas ?

La jeune fille réfléchit. La colère... Oui, elle en avait entendu parler. Sans jamais y croire réellement. Les licornes, les fées : ça, d'accord. Mais la colère...

— Écoutez, reprit Robert. Vous m'avez attiré de sérieux ennuis, avec Nancy, et il faut que j'arrange cela au plus vite. J'allais franchir un cap important avec elle... J'ai décidé de la demander en mariage.

Une demande en mariage ! Le visage de Giselle s'illumina : c'était si romantique !

— Mais maintenant, continua l'avocat, elle s'imagine que vous et moi nous avons...

— Échangé un baiser ? s'exclama la jeune fille, horrifiée.

— Hé bien... En quelque sorte.

— Chantez-lui votre amour ! suggéra-t-elle alors. Qu'elle soit certaine de vos sentiments envers elle !

— Lui chanter mon amour ?

Robert doutait de l'efficacité de cette solution ! Chanter, ce n'était pas trop son truc... « Happy Birthday To You », à la rigueur. Et encore, s'il n'avait pas le choix !

— Courez auprès d'elle, insista Giselle. Prenez-la dans vos bras et livrez-lui votre cœur !

Emportée par la passion, la jeune fille se mit à valser dans le salon. Robert la fixait d'un air étrange ; elle s'immobilisa.

— Pourquoi me regardez-vous ainsi ?

Il haussa les épaules.

— Vous semblez sortir d'un livre...

— Et c'est embêtant ?

Il allait rétorquer qu'il ignorait ce que c'était au juste, quand Morgan surgit de sa chambre, prête à partir. Il consulta sa montre et...

— L'école ! Vite !

Il fonça dans sa chambre pour s'habiller. Morgan sourit à Giselle.

— Ne vous inquiétez pas. Papa est un peu ronchon, mais il est malin ! Il vous aidera à retrouver votre prince !

Giselle étreignit fort cette si gentille petite fille, espérant sincèrement qu'elle disait vrai...

8

Loin, bien loin de là, en Andalasia...

La reine Narissa intriguait dans le but de séparer *à jamais* Giselle de son prince. Regardant dans le puits magique, elle surveillait de son château la belle jeune fille, qui tenait en ce moment Morgan contre son cœur.

— Oh ! Comme elle voudrait retraverser le puits et me ravir la couronne ! pesta la reine, les poings serrés de rage. Elle rêve de se débarrasser de moi comme d'un vulgaire déchet royal !

Narissa aurait adoré continuer ses jérémiades, mais des morceaux de feuilles lui tombèrent soudain sur les épaules. Contrariée, elle leva la tête : debout sur une échelle, Nathanaël taillait une silhouette de la souveraine dans un massif d'arbustes.

— Peut-être que le prince Édouard ne parviendra pas à la retrouver, remarqua-t-il, plein d'espoir.

— Peut-être qu'il y parviendra, au contraire ! rugit la reine Narissa.

Son cri de colère, terrifiant, surprit le valet. Il chancela dangereusement sur son échelle... mais réussit à se stabiliser. Manque de chance, en se rattrapant, il trancha net la tête de sa sculpture végétale, qui, sous ses yeux horrifiés, tomba droit au fond du puits.

Narissa, aussi, vit la tête tomber. Ce qui lui donna une idée... Une excellente idée ! Elle se retourna vers Nathanaël en minaudant :

— Si seulement quelqu'un m'aimait assez pour se jeter dans le puits à la suite de mon fils... Un tel homme, je ferais n'importe quoi pour lui !

Le valet ne se le fit pas dire deux fois ; il plongea dans le puits. Prêt à tout pour le bonheur de sa reine !

Peu après, à Times Square...

Propulsée par une paire de jambes épaisses, la nouvelle plaque d'égout sauta brusquement en l'air, avant d'atterrir sur l'asphalte en tournoyant comme une toupie.

« Et on remet ça ! » songea Arty en aidant ses hommes à hisser hors du trou un homme grassouillet, en pourpoint ancien et collants.

Une fois sur ses pieds, Nathanaël s'immobilisa une seconde au spectacle terrifiant du chaos citadin.

— Vous cherchez une magnifique jeune fille, vous aussi ? lui demanda Arty.

— Non. Un prince, rétorqua le valet.

Arty hocha la tête.

— Bien sûr, souffla-t-il.

Au moins, cette fois, il pouvait répondre ! Il pointa l'index en direction de la rue et Nathanaël réprima un cri. Édouard ! Il était bien là, et en posture délicate...

— Tu as trouvé à qui parler, fétide bête rugissante ! déclamait le prince en s'adressant à... un autobus.

Avec Pip, ils couraient sur le toit du véhicule qui s'engagea sur la Septième Avenue. Portant un coup d'une force prodigieuse, le prince planta son épée dans la tôle, la traversant de part en part. Les passagers, terrorisés, quittèrent leur siège afin d'éviter la lame meurtrière, qui vint déchirer un sachet de nourriture pour oiseaux, sur les genoux d'une vieille SDF. Des graines se répandirent partout lorsque la conductrice freina brusquement. Elle ouvrit les portes du véhicule, prête à montrer au crétin qui l'attaquait de quel bois se chauffent les New-Yorkais !

Édouard se pencha justement du toit, passant la tête par l'entrebâillement des portes.

— Giselle ? appela-t-il en scrutant l'intérieur du bus. Ma tendre aimée ? Palsambleu, elle n'est pas là !

Puis, notant la présence des passagers, il annonça :

— Le monstre d'acier est terrassé, manants ! Je vous ai délivrés !

— Vous êtes malade, ou quoi ?! hurla alors la conductrice de l'autocar.

Elle sortit comme une furie, bien décidée à en découdre avec ce fou, sur son toit !

— Personne ne transperce mon bus ! Je vais vous atomiser, vous entendez ? Descendez immédiatement !

— Gente dame, articula Nathanaël en la rejoignant. Si vous le permettez, je...

— Nathanaël ! s'exclama aussitôt Édouard. Mon cher vieil ami !

La conductrice toisa le valet. Ouais, rien d'étonnant à ce qu'il soit l'ami de l'autre dingue ; ils avaient le même tailleur !

— Il ne manquait plus que ça, des cinglés en collants...

À cet instant, Pip se jeta du toit sur la tête de la femme en colère, si léger qu'elle ne s'aperçut de rien. L'écureuil ne pouvait plus parler, mais il brandit son minuscule poing menaçant vers Nathanaël.

— Je vais vous atomiser tous les deux ! continua la conductrice.

Nathanaël fixait Pip, au-dessus d'elle ; elle s'époumona :

— Ne levez pas les yeux au ciel, vous ! Je...

Elle se tut, réalisant qu'elle avait quelque chose dans les cheveux...

— Aaaaah ! Un rat !

— Non, à strictement parler, il s'agit d'un écureuil, rectifia le prince Édouard, toujours perché sur le toit.

— Enlevez-le ! supplia la femme.

Pip esquivait ses coups frénétiques avec adresse.

— Faites-le partir ! Je hais les rats !

Des sirènes de police retentirent soudain au bout de la rue. Quelqu'un avait prévenu le commissariat. Nathanaël ignorait ce que ce vacarme signifiait, mais cela ne lui disait rien qui vaille...

— Sire, peut-être devrions-nous chercher ailleurs votre fiancée ?

— Sage décision ! approuva le prince en sautant du toit de l'autobus. Ces manants ne sont guère reconnaissants !

Pip, lassé de son petit jeu sur le crâne de la conductrice affolée, était bien d'accord, lui aussi. Il bondit sur l'épaule d'Édouard, et tous trois filèrent dans une rue adjacente.

Robert Phillip vivait également des moments compliqués. Ayant déposé Morgan à l'école, il se rendit à son bureau... en compagnie de Giselle qu'il ne pouvait laisser seule ! La jeune fille sur les talons, il traversa l'élégant vestibule du cabinet d'avocats et salua sa secrétaire, à la réception.

— Sam, je vous en prie, ne me dites pas que madame Banks est déjà arrivée !

— Madame Banks est déjà arrivée, asséna la jeune femme.

— Oh non !

— Ainsi que monsieur Banks et son avocat.

Robert sentit son pouls s'accélérer.

— Bien. Génial ! Ils sont là depuis longtemps ?

— Vous tenez vraiment à le savoir ?

— En fait... non ! Mais j'ai besoin que vous me rendiez un petit service.

Il se pencha sur le comptoir et chuchota :

— Vous voyez cette jeune femme ?

Il désigna Giselle qui s'empara d'un verre vide, sur une petite table. Sam hocha la tête.

— Qui est-ce ?

— Je n'en ai pas la moindre idée ! avoua Robert.

Giselle alla jusqu'à l'aquarium, où elle remplit son verre et… le but ! Malgré tous ses efforts, Sam ne pouvait s'empêcher de la regarder avec de gros yeux ; cette fille avait un comportement si peu civilisé !

— En tous cas, poursuivit Robert Phillip, je suis presque certain qu'elle n'est pas de New York !

— Et que voulez-vous que je fasse ?

— Si seulement je le savais, Sam ! Découvrez d'où elle vient, et renvoyez-la chez elle ! En classe économique : je présume que je vais devoir assumer les frais… Et si Nancy appelle, prévenez-moi tout de suite : il faut absolument que je lui parle !

— Oui, je m'en doute…, remarqua la secrétaire en contemplant encore Giselle.

Sa robe verte, pas trop à la mode, mettait extraordinairement en valeur son teint de porcelaine et sa chevelure rousse. Sam se prit même à penser qu'elle ressemblait à une princesse de conte de fées… ce qui ne conviendrait pas du tout à la fiancée de son patron !

Robert rejoignit Giselle en soupirant. Il lui expliqua :

— Alors voilà : des clients m'attendent dans mon bureau. Une confrontation d'une extrême importance ! C'est Sam qui va vous aider à rentrer chez vous. Compris ?

— Mmmmm ! acquiesça la jeune fille, incapable d'articuler un mot… puisqu'elle avait la bouche pleine !

— Parfait. Et ne causez pas de problème, surtout ! recommanda encore l'avocat.

Giselle s'empressa d'opiner du chef. Quand Robert tourna enfin les talons, elle recracha dans son verre le poisson tropical pêché par mégarde dans l'aquarium.

« Ils ont de l'eau vraiment fraîche, ici ! » s'extasia tout bas la jeune fille.

Elle admirait le poisson et ne vit pas le reflet de la reine Narissa, dans l'eau scintillante de l'aquarium...

La souveraine fusillait Giselle d'un regard assassin.

Affamés, le prince Édouard, Pip et Nathanaël entrèrent dans un restaurant. Se coiffant d'une toque, Nathanaël s'immisça dans les cuisines où il souleva un par un les couvercles des casseroles. Il n'était pas ici que pour manger : il cherchait désespérément le reflet de Narissa !

— Nathanaël !

Le valet sursauta.

— Ma souveraine bien-aimée ! s'écria-t-il, essayant de localiser la voix.

Il ôta le couvercle d'une soupière sur le feu, et retint son souffle. Dans le liquide bouillant lui apparut le visage de la reine. Elle le fixait droit dans les yeux !

— Ma déesse ! Ma vision de beauté !

— Ouf, ce n'est pas trop tôt ! fulmina Narissa. Je brûle, moi, là-dedans ! Alors, l'as-tu trouvée ?

Nathanaël jeta un œil inquiet autour de lui. Les autres cuisiniers l'observaient bizarrement. Il baissa d'un ton, murmurant au-dessus du faitout :

— Je crains que non, ma dame...

— Le temps nous est compté ! grinça la méchante souveraine.

Soudain, trois pommes émergèrent de la soupe dans des vapeurs toxiques. Le valet, horrifié, eut un mouvement de recul. Pas loin, l'un des cuisiniers aperçut les fruits et détourna la tête, répugné par leur odeur nocive. Se cachant derrière le couvercle de la soupière, Nathanaël reprit tout bas sa conversation :

— Des pommes empoisonnées ? articula-t-il, un frisson lui parcourant le dos. Vous voulez dire que je dois...

— Nathanaël, l'enjôla Narissa. Tu souhaites que nous vivions heureux ensemble « jusqu'à la fin des temps », n'est-ce pas ?

— Jusqu'à la fin des temps !

— Hé bien, c'est tout simple, continua la reine d'un ton qui aurait séduit le moins épris des hommes. Une bouchée. Rien de plus ! Que Giselle croque une fois dans une pomme, et elle tombera dans un profond sommeil de mort ! Au douzième coup de minuit...

Un sourire cruel se dessina sur ses lèvres et elle acheva :

— Cette chère et tendre prétendante au trône, *mon* trône, ne sera plus !

Le cœur du valet battait à cent à l'heure. Lui et sa bien-aimée... ensemble ? Le sacrifice en valait la peine ! Il trempa la main dans le liquide bouillant et saisit les pommes, ignorant la douleur.

— Ce sera fait, ma dame ! promit-il.

— Giselle est à Colombus Cir...

La souveraine fut brutalement interrompue. Un serveur zélé, plongeant une louche dans la soupière, venait d'emporter son reflet !

Un autre reflet surprit alors Nathanaël. Celui d'un écureuil qui l'observait, tout près ! Pip ! Pip avait tout entendu ! Il savait désormais quel danger courait Giselle. Le valet n'eut plus qu'une idée : l'attraper et le neutraliser. Il se jeta sur le petit rongeur, qui s'échappa dare-dare vers la salle de restaurant.

Le prince Édouard finissait de récupérer sa commande, lorsque Pip déboula sur le comptoir et glissa jusque sur son plateau. Vite, vite, il essaya de mimer au prince ce qu'il avait découvert. Seulement, l'intelligence d'Édouard n'était pas à la hauteur de sa perfection physique.

— Pip ? bredouilla-t-il, interdit.

— Sire, je vous en prie ! haleta Nathanaël en arrivant ventre à terre. N'écoutez pas cette espèce de rat dégénéré, il divague ! Il a dû manger une noisette avariée... Je suggère que nous nous débarrassions de lui pour de bon !

— Par pitié ! Laisse-le parler !

— Mais, Sire...

— Continue, Pip, trancha Édouard. Que veux-tu me dire ?

L'écureuil s'en doutait : se faire comprendre du prince allait être difficile... Édouard n'avait aucune patience pour ce qui ne le concernait pas *lui* directement. Malgré les vaillants efforts et les mimes très explicites de Pip, Édouard interpréta tout de travers.

— Nathanaël se félicite de m'avoir à ses côtés ? crut-il deviner. Si je n'étais pas là, tu en mourrais ? Tu admires ma bravoure et mon âme chevaleresque ?

Pip serra les poings : non, non, non ! Le prince avait tout faux ! Pourquoi fallait-il qu'il soit si égocentrique et vaniteux ? Le frêle rongeur s'écroula sur le plateau, découragé ; quelle frustration de ne plus pouvoir s'exprimer avec des mots !

— Tout cela est très vrai, sourit alors Édouard d'un air imbu. Mais nous avons plus urgent à régler dans l'immédiat !

Nathanaël poussa un soupir de soulagement. Il s'en tirait bien pour l'instant, mais il fallait qu'il réfléchisse au moyen d'éliminer ce sale fouineur d'écureuil...

9

Le téléphone portable de Nancy sonna pour la centième fois ce jour-là ! Elle consulta l'écran, et ne décrocha pas.

— Encore Robert ? en conclut May, son assistante.

May était hyper tendance. Tout comme l'atelier haut de plafond qui abritait la société de Nancy. Le chic, c'est capital, quand on travaille dans la mode ! Même les couturières, à leur machine, étaient vêtues avec classe. L'image de l'entreprise !

— Un nouveau SMS d'excuses, répondit Nancy.

— Il en est à combien ? demanda May, admirative.

— Je ne sais pas. Pas assez, en tous cas !

L'assistante coinça son crayon derrière l'oreille.

— Vous voulez dire que... vous ne lui pardonnerez jamais ?

— Oh si... au bout d'un moment, admit Nancy tout en examinant un modèle de sa prochaine collection. Je ne suis pas comme ces femmes prêtes à attendre toute leur vie que leur Prince Charmant vienne les enlever pour les emmener dans son château ! Il y a longtemps que je ne crois plus aux contes de fées !

Elle éclata d'un rire un peu forcé. Conte de fées ou pas, c'était plutôt pas mal, un prince sur son fier destrier blanc... Mais trêve de plaisanterie : cela n'arrive pas, ces choses-là ! Et sans s'en rendre compte, elle déchira la chemise qu'elle contemplait. Elle la restitua à l'ouvrière sidérée qui avait travaillé dessus en poursuivant :

— Robert et moi, c'est du sérieux, May. Je peux avoir confiance en lui. Du moins, jusqu'ici...

— Vous voulez que je vous dise ?

— Est-ce que j'ai le choix ?

— Hé bien voilà, Nancy : vous êtes une incorrigible romantique qui a perdu ses illusions !

Que répondre à cela ? Sinon :

— Vous n'avez donc rien de mieux à faire, May ?

Au cabinet d'avocats, la confrontation terminée, Robert raccompagnait sa cliente, Phœbe Banks, à la sortie. Ethan, le futur ex-mari de Phœbe, les suivaient avec Henry, son propre avocat.

— Cela s'est plutôt bien passé, estima Robert Phillip. Je crois qu'il n'y a plus aucune raison de ne pas se montrer raisonnable, dorénavant...

— Nous approchons en effet d'un accord satisfaisant, approuva Henry.

Sam, dans le vestibule, adressait des signes à Robert.

— Voulez-vous m'excuser un instant ?

Il se dirigea à grands pas vers sa secrétaire.

— Hé bien, Sam ? Qu'y a-t-il ?

— Cette Giselle n'a ni permis de conduire, ni passeport ! Et je ne trouve aucune trace de cet endroit dont elle parle !

— Quel endroit ?

— Andalasia. J'ai pourtant consulté toutes les agences de voyages, et j'ai contacté toutes les compagnies aériennes, aussi ! Est-ce un pays, une ville...

— Un petit État ? suggéra l'avocat d'un ton las.

Giselle souriait aux anges, valsant dans le vestibule au son de la musique d'ambiance. Robert déglutit avec peine ; honnêtement, il craignait que sa pire crainte ne fût fondée : cette fille était folle.

— Un état... de désordre mental, alors, chuchota Sam en la contemplant. Elle m'a expliqué qu'Andalasia se trouvait par-delà les « Prairies de la Joie » et la « Vallée du Bonheur ». Dites, patron, c'est quoi, ce délire ?

À cet instant, Giselle s'arrêta de danser.

— Oh, mon Dieu ! s'exclama-t-elle comme elle venait d'apercevoir Phœbe Banks. Vous êtes rayonnante de beauté !

Madame Banks parut surprise. Depuis le temps qu'elle n'avait plus reçu de compliments !

— Oh, hé bien... merci !

— L'élu de votre cœur est né sous l'étoile de la chance ! ajouta Giselle.

Phœbe jeta un coup d'œil à Ethan, qui discutait avec son avocat. Elle marmonna :

— Essayez donc de le lui dire !

— Oh, mais je suis sûre qu'il en a déjà conscience ! gloussa Giselle.

— Je vous demande pardon ?

C'était Ethan Banks. Il venait de réaliser qu'on parlait de lui. Giselle s'écria :

— Oh, c'est vous, alors ? Vous devez être tellement heureux ! Elle a un regard scintillant... Pas étonnant que vous soyez amoureux d'elle !

— Vous vous moquez de moi ! s'étrangla Ethan Banks, sidéré.

Robert assistait à la scène, paralysé d'horreur. Giselle enfonça le clou :

— L'amour n'est pas un sujet de plaisanterie !

Puis, prenant les Banks par les mains :

— Vous formez un merveilleux couple !

Une seconde, Phœbe et Ethan se dévisagèrent, avant de vite détourner le regard et de se dégager de l'étreinte de Giselle. Catastrophé, Robert se précipita vers le petit groupe. Il s'efforça de garder son calme devant ses clients.

— Giselle, voyons ! Ce n'est pas ce que vous imaginez... Ethan et Phœbe ne sont plus ensemble !

La jeune fille le fixa d'une mine hébétée. Robert précisa :

— Ils sont en instance de divorce. Ils se séparent, si vous préférez !

— Ils se séparent ? répéta Giselle, la voix brisée. Et pour combien de temps ?

— Pour toujours.

— Quoi ?!

De grosses larmes inondèrent aussitôt les joues de la jeune fille.

— Pour toujours... et à jamais ? continua-t-elle.

Elle en avait le vertige ; elle n'avait encore jamais, jamais, jamais rien entendu d'aussi horrible !

— Vous pleurez ? s'étonna Ethan qui, s'adressant à Robert cette fois, répéta : Non mais... elle pleure pour de vrai ?

Giselle ne pouvait en supporter plus. Elle s'affala sur le sol, reniflant et sanglotant.

— Je suis désolée, hoqueta-t-elle. Tout cela est si triste !

Phœbe se mordit les lèvres. Giselle traduisait exactement ce qu'elle éprouvait, *elle*... Elle avait fait de son mieux pour refouler son chagrin depuis qu'Ethan lui avait annoncé sa volonté de divorcer. Mais devant l'accablement de Giselle, elle sentait qu'elle allait craquer à son tour. Non ! se reprit-elle alors. Pas devant Ethan ! Et afin d'éviter cela, elle se fâcha après Robert :

— Quel professionnalisme, bravo ! C'est tout simplement scandaleux !

Et elle se rua à l'ascenseur avant que quelqu'un ne voie ses larmes.

— Phœbe ! Attendez ! essaya de la retenir Robert.

Mais voici que les portes de l'ascenseur s'ouvrirent sur... Carl Churchill, le directeur de Robert !

— Bonjour, madame Banks, salua-t-il en sortant de la cabine. Comment allez-vous, ce matin ?

Sans répondre, Phœbe s'engouffra dans l'ascenseur et appuya sur un bouton. Les portes se refermèrent. Henry, l'avocat d'Ethan, aboya :

— Si tout ceci est un coup monté pour nous manipuler, vous pouvez mettre une croix sur notre accord !

Furieux, il quitta à son tour les lieux, Ethan sur les talons. Carl fronça les sourcils.

— Que se passe-t-il, Robert ?

Il baissa les yeux sur Giselle, en pleurs par terre.

— Qui est-ce ?

— Une amie... non, une vague connaissance ! Je...

— Robert, l'interrompit sèchement le directeur. Vous avez insisté pour que je vous confie une affaire importante et voilà ce que vous en faites !

— J'ai la situation bien en main, assura l'avocat. Tout va s'arranger, je m'en charge !

Carl Churchill aurait pu dire : « Parfait », ou « Je compte sur vous, Robert ». Son silence buté confirma à Robert que s'il tenait à son travail, il n'avait pas d'autre choix que de tout arranger en effet ! Prenant Giselle par le bras, il l'entraîna vers l'ascenseur.

— Mais qu'est-ce qui cloche, chez vous, bon sang ?

— Chez *moi* ?

Giselle ne comprenait pas. Elle n'avait pas de problème, elle. Ce n'était pas elle qui allait être séparée pour toujours et à jamais de son grand amour... Du moins l'espérait-elle ardemment !

— Oui, vous ! insista Robert. Cette petite comédie que vous venez de nous jouer ! Ce couple vit des moments difficiles, vous savez !

— Évidemment ! s'étouffa Giselle. Unis un jour, séparés le lendemain... Quelle est donc cette contrée épouvantable ?

L'avocat la poussa dans l'ascenseur, il enclencha le bouton du rez-de-chaussée et répondit :

— Bienvenue dans « la réalité », Giselle !

— J'aimerais mieux rentrer en Andalasia.

— J'aimerais mieux aussi ! grogna Robert.

— En deux équipes, nous fouillerions plus vite les lieux, Sire, suggéra Nathanaël comme il pénétrait dans Colombus Circle avec Édouard et Pip. Vous pourriez partir tranquille tout seul, et moi avec... ce truc, termina-t-il en couvant l'écureuil d'un œil mauvais.

— Ton plan est ingénieux ! s'enthousiasma le prince.

Tout à coup, Pip aperçut Giselle, de l'autre côté de la rue ! Un homme l'accompagnait... Le petit animal ne put réprimer un cri. Le prince Édouard n'y prêta pas la moindre attention. Nathanaël, en revanche, reconnut la jeune fille. Il se saisit de Pip et le maîtrisa, afin qu'il ne prévienne pas le prince.

— Alors, demanda Édouard. Par où je commence ?

— Regardez ! s'égosilla soudain le valet.

Il pointa le doigt en direction d'une jeune fille qui n'avait rien à voir avec Giselle.

— Elle est là !

— Qui... ma Giselle ? Où cela ?

— Vite, Votre Altesse ! Il n'y a pas une seconde à perdre ! hurla encore Nathanaël en poussant son maître à l'opposé de la vraie Giselle. Rattrapez-la !

Et le prince Édouard partit comme une flèche dans le mauvais sens, tandis que Nathanaël, Pip sous le bras, s'élançait après Giselle...

10

— J'ai essayé d'agir au mieux, bougonnait Robert en conduisant Giselle à Central Park. De me montrer gentil...

— Oh, mais vous avez été très, très gentil ! affirma Giselle.

— Oui... Et j'en suis bien puni ! explosa l'avocat. C'est fini, Giselle. Je ne peux vous aider davantage.

Il se radoucit en lui tendant quelques billets.

— Prenez cet argent. Appelez votre prince, demandez-lui de venir vous chercher, avec son cheval et tout ce que vous voudrez. Parce que moi, là, franchement, je ne peux plus rien faire pour vous !

L'air déconcerté, la jeune fille contempla un instant les dollars dans sa main.

— Heu... Robert ?

— Non, Giselle, je vous en prie ! Partez, maintenant !

— Je suis si désolée, murmura-t-elle alors.

Pour la première fois, elle le considérait... en tant qu'humain. Il fallait le reconnaître : il paraissait anéanti. Un flot de remords envahit la jeune fille. Elle n'avait jamais voulu ça !

— Vous avez été un vrai ami pour moi, Robert. Je n'avais pas l'intention de vous faire de chagrin, ni de vous causer autant de soucis ! Rassurez-vous, je m'en vais. Je vous souhaite beaucoup de bonheur !

Puis, s'efforçant de lui sourire encore une fois, elle tourna les talons et s'éloigna. Après une légère hésitation, Robert reprit le chemin de son bureau.

« J'ai fait mon maximum, songeait-il en marchant. J'admets qu'elle est vraiment très séduisante... mais elle est quand même très bizarre aussi ! »

Il jeta un coup d'œil par-dessus son épaule pour voir Giselle un dernier instant... et s'immobilisa, interdit.

La jeune fille discutait avec une vieille SDF à laquelle elle donnait tout l'argent qu'il venait de lui confier !

L'avocat leva les yeux au ciel. Oh là là, cette Giselle ! On ne pouvait pas la laisser seule une seconde ! Il courut la rejoindre. La vieille dame expliquait :

— Oh ça oui, c'était bien lui, j'en suis certaine !

— Vrai de vrai ? s'exclama Giselle.

— Que faites-vous ? s'immisça soudain Robert.

— Robert ! sourit Giselle, ravie. Je vous présente Clara. Elle a vu Édouard !

La mendiante agita le doigt.

— Ouaip, monsieur ! Dans le bus, ce matin. Et il a essayé de me tuer !

— Tiens donc ? répondit machinalement l'avocat sans l'écouter.

Il prit Giselle par le bras et, l'entraînant à l'écart, il ajouta :

— Génial, vraiment. Je vous remercie !

Un ton plus bas, il reprit :

— Mais qu'avez-vous dans la tête ? On n'offre pas de l'argent comme ça aux gens !

— Vous m'en avez bien offert, Robert... Et puis d'ailleurs, Clara m'a rendu service, à propos d'Édouard !

L'avocat soupira. Bien sûr, il aurait dû s'attendre à ce genre de réflexion... Il demanda :

— Bon, alors dites-moi ce qu'il en est, de votre « beau prince »... Vous êtes ensemble depuis combien de temps ?

— Environ toute une journée !

Robert la conduisit sur un sentier de Central Park et continua :

— Vous voulez dire que vous êtes si bien tous les deux que vous ne voyez pas le temps passer ?

— Non, corrigea la jeune fille. Je veux dire un jour. Ça fait un jour.

— Vous vous moquez de moi. Un jour... un seul jour ? C'est une blague !

— Non, c'est la vérité.

— Non, c'est une blague !

— C'est la vérité, Robert !

L'avocat n'en croyait pas ses oreilles.

— Vous allez épouser un homme après juste *un* jour ? Vous en êtes déjà amoureuse à ce point ?

— Oui, je l'ai aimé dès le premier regard.

Il secoua la tête, bluffé. Du Giselle tout craché, ça : aussi ahurissant qu'extravagant ! Cette femme finirait par le rendre fou ! Ignorait-elle donc que l'amour s'épanouit peu à peu ? C'en était trop. Impossible à digérer... l'estomac creux ! Comme l'heure de déjeuner approchait, il emmena Giselle à un stand de frites et sandwiches et acheta deux hot-dogs. La jeune fille se précipita avec joie sur ce repas improvisé. Robert reprit la conversation :

— Je ne comprends pas. Comment pouvez-vous prétendre aimer sincèrement un homme que vous ne connaissez même pas ?

— Je connais son cœur, répliqua Giselle en mordant à belles dents dans son sandwich.

— Oh, oui, bien sûr, marmonna l'avocat, loin d'être convaincu.

— Mmmmmmff !

Giselle avait la bouche pleine. Elle dut mâcher, mâcher et avaler, avant de réussir à articuler :

— Quel régal ! Je n'aurais jamais pensé qu'il puisse exister de la nourriture de ce genre !

Robert récupéra l'emballage vide de la jolie gourmande et le jeta à la poubelle.

— Et vous ? interrogea alors Giselle. Cela fait combien de temps, avec votre Nancy ?

— Cinq ans.

— Et vous ne l'avez jamais demandée en mariage ? Pas étonnant qu'elle soit si fâchée !

La patience de Nancy l'impressionnait drôlement. Elle, elle ne pourrait jamais attendre cinq ans pour épouser Édouard ! Déjà que vingt-quatre heures, c'était à la limite du supportable...

— *Hel-lo*, charmante demoiselle !

Une voix étrange la tira de ses pensées.

Il s'agissait d'un vendeur ambulant, en casquette et tablier blanc. Giselle n'avait pas reconnu Nathanaël, qui s'était déguisé et parlait avec un accent russe très exagéré.

— Une délicieuse pomme d'amour vous ferait-elle plaisir ? proposa-t-il en tendant à Giselle le fruit caramélisé. C'est gratuit pour la jolie jeune demoiselle !

— Gratuit ? répéta Robert d'un air soupçonneux.

Les gens vous font rarement de cadeau, à New York !

— Mais oui, insista Nathanaël qui grimaçait un sourire forcé. Aujourd'hui, les pommes d'amour sont gratuites. Demain, ce sera les hamburgers !

Soudain, son sourire s'effaça. Pip, qu'il gardait prisonnier dans la poche arrière de son pantalon, tentait de s'échapper. Il se tortillait, se débattait ; pas très confortable pour le valet, tout cela... Et pop ! l'écureuil surgit enfin de la poche. Il bondit en direction de la pomme empoisonnée, mais Nathanaël parvint à le rattraper avant que Giselle ne l'aperçoive.

— Je vous remercie, gentil monsieur ! accepta la jeune fille, enchantée.

Cette pomme d'amour lui semblait bien appétissante...

— Je vous en prie, demoi-seeeeelle ! cria Nathanaël comme Pip lui mordait la main.

Vite, le valet dissimula l'écureuil dans une machine à pop-corn. Giselle s'apprêtait à croquer dans la pomme d'amour, lorsque Robert la retint :

— Vous savez que cette pomme est un vrai poison, j'espère ?

Giselle écarquilla les yeux. Il poursuivit d'un ton espiègle :

— Le caramel est plein d'additifs et de conservateurs chimiques !

La jeune fille contempla la friandise avec suspicion.

— C'était une plaisanterie, s'empressa d'expliquer l'avocat devant son trouble.

Puis ils repartirent en promenade.

— Normalement, Giselle, les gens apprennent à se connaître, avant de se marier, lança Robert. Ils se donnent des rendez-vous !

— Des rendez-vous ?

— Hé bien oui, des rendez-vous !

Difficile à croire... mais à l'évidence, Giselle n'avait pas la moindre idée de ce dont il s'agissait !

— On passe du temps ensemble, décrivit-il. On sort, on va au restaurant, au cinéma, ou au musée. On peut aussi se balader et discuter tranquillement...

La jeune fille réfléchit un moment. Toutes ces histoires de rendez-vous, ça avait l'air plutôt amusant !

— Et on discute de quoi ? demanda-t-elle, intéressée.

— De soi, de l'autre... On échange ses goûts, ses idées...

Giselle ne put s'empêcher de pouffer.

— Vous avez une conception si étrange de l'amour, Robert !

— Oh ! Je devrais peut-être essayer votre méthode, alors. On se rencontre, on déjeune, on se marie.

— Et on vit heureux jusqu'à la fin des temps ! lui rappela la jeune fille.

— Pitié, Giselle ! Un bonheur qui dure « jusqu'à la fin des temps », cela n'existe pas !

— Bien sûr que si, cela existe !

Dans son agitation, elle envoya valdinguer la pomme d'amour qui, propulsée dans les airs, alla atterrir sur le casque d'un cycliste qui traversait le parc avec son peloton. Le coureur continua de pédaler sans se rendre compte de rien. Robert non plus, ne se rendit pas compte que la pomme roulait maintenant loin, bien loin d'eux !

— Giselle, soupira-t-il. Je déteste vous contredire. Mais un mariage réussi, cela se résume à éviter de divorcer. Le grand bonheur, il faut oublier.

— Oublier le bonheur ?! s'étrangla la jeune fille. Personne ne peut faire ça, voyons !

— Cela arrive pourtant, asséna l'avocat.

Il en avait fait lui-même la triste expérience... La jeune fille persista :

— Mais vous, avec Nancy ? Vous savez que vous allez vivre heureux jusqu'à la fin des temps, tous les deux !

— Je ne sais même plus si ça va durer jusqu'à demain, nota Robert. Alors, la vie entière... ! Vous voyez, Giselle, c'est ce que j'essaie de vous dire : tout cela est compliqué.

— Pas du tout ! Pas tant que Nancy sait combien vous l'aimez !

— Hé bien... elle le sait. Enfin, bon, on n'en parle pas non plus à chaque seconde de la journée, mais elle le sait, elle...

— Et comment le sait-elle ?

Robert commençait à perdre patience, avec ces questions. Giselle comprit avec stupéfaction que le jeune homme ne montrait sans doute pas tous ses sentiments à Nancy. Elle décida alors de lui chanter l'importance de dire aux autres combien on les aime.

— Mais... qu'est-ce que vous faites ? s'affola l'avocat quand elle entonna brusquement son refrain.

Giselle l'ignora, chantant tout en traversant Central Park. Bientôt, les badauds qu'elle croisait l'imitèrent, chantant et dansant avec elle ! La jeune fille entraînait tout le monde sur son chemin ; même l'orchestre, la troupe de théâtre de rue, le groupe de danseurs polonais !

— Je vous en prie, Giselle. Voulez-vous cesser ? réclama Robert, à demi mort de honte.

Les New-Yorkais n'entamaient pas ainsi la chansonnette en public ! Il n'y avait cependant pas moyen de faire taire Giselle. Elle rassemblait à présent un splendide bouquet de fleurs des champs, auxquelles elle ajouta quelques spécimens particuliers chapardés aux parterres municipaux. Ensuite, Giselle émit un joyeux sifflement, et deux colombes descendirent du ciel à sa rencontre.

— Pouvez-vous livrer ces fleurs à Nancy, s'il vous plaît ? leur demanda la jeune fille.

— Vous êtes dingue ! explosa Robert Phillip. Ce sont des oiseaux ! Ils ne connaissent pas son adresse ! Ils...

Les colombes s'envolèrent sous son nez avec le bouquet. L'avocat balbutia :

— Co... comment les avez-vous...

Il n'acheva pas sa phrase. Giselle chantait et dansait au milieu d'une bande d'inconnus à rollers.

Quand, enfin, elle termina sa chanson, une armée de nouveaux amis cernait Robert : des enfants, des hommes d'affaires, des coureurs, des musiciens, des danseurs, des cyclistes... même des invités à un mariage japonais ! Tous, dans Central Park, avaient accompagné Giselle en chœur ! Robert dut bien l'admettre : malgré lui, il trouvait cette scène... féerique.

Soudain, la sonnerie de son téléphone portable retentit. À l'autre bout du fil, Nancy.

— Robert ! s'exclama-t-elle, émue. Les fleurs... je les adore !

L'avocat en demeura bouche bée. Le bouquet, les colombes... Mais alors, c'était vrai ! Il fixa Giselle. Peut-être n'était-elle pas si folle que cela, finalement... et peut-être n'avait-elle pas non plus tout à fait tort en matière d'amour !

Robert se précipita à l'atelier de Nancy. Ne sachant où laisser Giselle, il l'emmena avec lui. Et comme il en avait désormais l'habitude, elle trouva dix mille raisons de s'extasier. Les machines à coudre la fascinèrent tout particulièrement…

Dès que Nancy eut digéré le fait que Robert soit venu avec Giselle, elle retrouva le sourire. Elle attira son fiancé dans un coin à part et le remercia encore.

— Oh, Robert ! J'aime tellement ton bouquet !

Les colombes nichaient parmi les fleurs, roucoulant. La réaction de sa fiancée ravissait l'avocat !

— Cela change des e-mails ! poursuivit-elle. De *vraies* fleurs, c'est exquis ! Surtout celles-ci… Où as-tu trouvé des colombes ? C'est extraordinaire !

Elle brandit deux cartons dorés et ajouta :

— Et ça, alors ? Tu m'emmènes au bal du Woolworth, demain ?!

Robert fronça les sourcils. Comment ces invitations avaient-elles échoué dans le bouquet ? Il faudrait qu'il en parle sérieusement à Giselle, tout à l'heure…

— Nous ne sommes pas obligés d'y aller, Nancy, assura-t-il. J'avais juste pensé que…

— Ne sois pas idiot, voyons ! Tout cela est si romantique, tellement spontané ! J'ai hâte d'y être !

— Oh… hé bien… Parfait, dans ce cas…

Robert chercha ses mots un instant.

— Écoute, Nancy. En ce qui concerne Giselle, je ne faisais que l'aider, tu sais. Je te jure que…

La jeune femme leva la main en signe de silence.

— Inutile, Robert. Si tu dis qu'il ne s'est rien passé, c'est qu'il ne s'est rien passé. J'ai confiance en toi.

Le visage de l'avocat s'illumina. Problème résolu plus facilement que prévu !

— Alors, on se voit demain soir, Nancy ?

— Tu es très surprenant, sais-tu ! se réjouit-elle en lui sautant au cou.

Le changement radical d'attitude de son fiancé la comblait ! Robert adressa un sourire à Giselle, qui s'amusait plus loin avec un coupon de tissu blanc. Il n'aurait jamais cru qu'une personne si douée pour lui attirer des ennuis... puisse tout arranger aussi vite !

11

— Il semble donc que cette mystérieuse petite boîte contrôle le miroir magique ! déclara le prince Édouard en dirigeant la télécommande vers le poste de télévision.

Ayant passé l'après-midi à courir après une personne qui n'était pas Giselle, le prince avait soudain prétendu être las. Il rejoignit alors Pip et Nathanaël, et tous trois prirent une chambre dans un petit hôtel miteux. Nathanaël avait emprisonné Pip dans un seau à pop-corn, faisant croire à Édouard que l'écureuil préférait se reposer là.

Étendu sur le lit, le prince regardait la télévision, complètement envoûté par ce qu'il prenait pour un miroir magique. Il zappait, sautant d'un programme sportif à un spot de pub, puis à une chaîne espagnole. Enfin, il tomba sur les informations régionales. Un reporter interviewait la conductrice de bus qu'ils avaient justement rencontrée, ce matin-là.

« Il y avait ces deux types, habillés comme des cinglés, et puis cet écureuil enragé qui a déboulé, plein de griffes et de dents... »

Le prince Édouard opina de la tête : le miroir se tenait au courant de ses aventures ! Il appuya à nouveau sur la télécommande, et atterrit sur un épisode de « Splendeurs romantiques ». Une femme ultra sophistiquée soignait l'œil au beurre noir d'un homme ultra sophistiqué.

« Je ne l'ai frappé que par amour pour vous ! » disait l'homme à la femme.

« Et vous vous figurez que vous n'avez qu'à vous battre avec tout le monde pour que je vous aime ? tempêta la femme. Vous vous croyez fort, mais vous êtes faible, pleurnichard et pathétique ! »

— Aucun intérêt, jugea Édouard en réutilisant aussitôt la télécommande.

— Une minute, Sire ! supplia alors Nathanaël. Faites réapparaître cette image, s'il vous plaît !

Le prince manipula le boîtier et finit par retrouver la chaîne qui diffusait « Splendeurs romantiques ».

« Comment pourrais-je jamais aimer un homme qui ne s'aime pas lui-même ? » se lamentait maintenant la femme ultra sophistiquée.

Nathanaël restait scotché à l'écran, émerveillé par la sagesse suprême des messages qu'il délivrait.

Or, entre-temps, Pip avait réussi à s'évader de la boîte à pop-corn. Il fonça dare-dare sur l'estomac du prince Édouard et entreprit de mimer l'odieux plan de Nathanaël, qui consistait à empoisonner Giselle.

— Nathanaël apprécie mon style plein de panache ? crut deviner le prince, toujours aussi nombriliste. Je suis d'une beauté exceptionnelle, même dans mon sommeil ?

— Pauvre petit écureuil ! crissa le valet qui se dépêcha de capturer Pip à nouveau.

Il l'emporta jusqu'à l'armoire, où il le suspendit aux pinces d'un cintre à pantalon en déclamant :

— La fatigue t'a rendu zinzin ! Je parie que tu adoreras te blottir en paix pour la nuit dans ce joli nid douillet !

Là-dessus, il claqua la porte du meuble et demanda à son maître la permission de sortir prendre l'air.

— Va, Nathanaël, murmura vaguement le prince Édouard, les yeux rivés à la télévision.

Le valet allait quitter la chambre, lorsqu'il se retourna :

— Sire ? Puis-je vous demander si vous vous aimez vous-même ?

— Comment ne pas m'aimer ? répondit simplement le prince dans un sourire.

Nathanaël considéra un instant cette remarque, puis il s'en alla.

Or, à l'intérieur de l'armoire, Pip ne s'avouait pas vaincu. Il se balança au bout du cintre et... bingo ! Le crochet sauta de la tringle. L'écureuil tomba à terre, toujours accroché au cintre. Cela ne l'empêcha pas de s'échapper de l'armoire, de trottiner au pied du lit et de sauter sur le rebord de la fenêtre.

À l'aide du cintre, Pip força la fenêtre, qui s'ouvrit. Au passage, le cintre – pop ! – se détacha du rongeur, qui s'élança enfin aux trousses de Nathanaël.

Il devait l'arrêter avant qu'il ne tue Giselle !

Ce soir-là, Robert avait emmené Giselle au restaurant. Un restaurant italien. Une pizza fumait déjà sur leur table, tandis que l'avocat distrayait son invitée d'un tour de magie… mais de la magie humaine, avec un « truc » !

Il fit mine de tirer une pièce de derrière l'oreille de Giselle qui s'exclama, enchantée :

— Oh, refaites-le, Robert !

Quelques instants plus tard, cependant, le visage de la jeune fille s'assombrit brusquement.

— Que se passe-t-il ? s'inquiéta Robert Phillip.

— Hé bien… c'est un endroit très agréable, ici ?

— Exact !

— Et nous dînons ensemble, n'est-ce pas ?

Elle observa une courte pause avant de conclure :

— C'est un rendez-vous, Robert !

L'avocat en demeura d'abord sans voix. Non, cela n'avait rien à voir, évidemment ! Giselle se trompait !

— Non, non, Giselle ! Nous sommes juste… juste de bons… nous sommes amis, voilà !

La jeune fille sourit, soulagée. Après tout, c'était Édouard, son promis. Pas Robert !

— Et puis, ajouta ce dernier. On n'emmène pas ses enfants à un rendez-vous galant !

Giselle hocha la tête. De l'autre côté de la salle, Morgan aidait la propriétaire du restaurant à plier des serviettes.

— Votre fille est formidable, Robert, déclara soudain Giselle. Elle est douce, gentille, attentionnée !

— Oui… elle est plutôt pas mal !

— Mais dites-moi…

Elle fronça les sourcils avant de poursuivre en fixant son assiette :

— Elle doit lui manquer terriblement ?

— Qui ça ?

— Sa mère, voyons !

— Oh ! Hé bien... nous n'en parlons pas trop, en fait, rétorqua l'avocat dans un haussement d'épaules.

— Est-ce que ça a été très... triste ? s'enquit Giselle avec tact, craignant sa réponse.

— L'amour tel que vous l'entendez, avec les toujours, les colombes et tout, c'est de la fiction pure... et le retour au monde réel est percutant ! soupira Robert en s'efforçant de sourire. En fait, ma femme m'a quitté.

« Triste », pensa la jeune fille. Elle s'apitoya :

— J'ai tant de chagrin pour vous deux !

— Merci, mais je suis un grand garçon, maintenant ! Par contre, je m'inquiète pour Morgan. Elle est très timide. Elle n'a pas beaucoup d'amis et je voudrais qu'elle soit forte, vous comprenez ? Armée pour affronter la vie telle qu'elle est. C'est pour cela que je ne veux pas l'encourager à croire à toutes ces sottises de contes de fées et de rêves qui se réalisent.

— Ce ne sont pas des sottises ! se récria Giselle. Il arrive qu'un rêve devienne réalité. Quelque chose de fantastique peut toujours se produire, non ?

Robert la dévisagea. Belle, lumineuse, pleine d'espoir et de certitude...

— J'oubliais à qui je parlais, souffla-t-il.

— N'oubliez pas, je vous en conjure ! rougit la jeune fille. Moi, j'aime parler avec vous, Robert...

Ils restèrent ainsi, les yeux dans les yeux, comme si plus rien n'existait autour d'eux. Giselle sentit son cœur accélérer, elle avait la gorge nouée...

— Pour la zoulie demouaselle ! hurla tout à coup un homme.

Le charme était rompu. Robert et Giselle levèrent la tête et aperçurent un serveur qui attendait debout avec un verre rempli d'un liquide vert émeraude. Les pauvres n'avaient pas conscience du danger ! Car ce serveur était en vérité Nathanaël, et la boisson verte, du poison !

— Dé la part d'oun admiratour secret ! précisa-t-il avec son faux accent italien.

— Un admirateur secret ? répéta Robert en balayant la salle du regard. Pourquoi faut-il que tout le monde vous fasse tout le temps des cadeaux, Giselle ?

La jeune fille ne s'embarrassait pas de ce genre de détail ! Elle scruta le liquide et lança :

— Pour moi, hein ? Et qu'est-ce que c'est ?

— Oun cocktail à la poumme ! répliqua Nathanaël.

Une tranche de pomme rouge flottait en effet dans le verre.

— Quelles belles couleurs ! s'extasia Giselle. Ça a l'air excellent !

— Méfiez-vous, l'avertit Robert. Ces mélanges sont redoutables ! Ils sont alcoolisés et vous enivrent en moins de deux !

— Dans ce cas, je ne prendrai qu'une gorgée, résolut sagement la jeune fille.

« Pas besoin de plus ! » triompha tout bas Nathanaël tandis que Giselle approchait le verre de ses lèvres.

Elle n'eut pas le loisir de goûter à la boisson, qu'un écureuil tamia surgit brusquement de sous la nappe à carreau et lui fit lâcher le verre d'un grand coup !

— Qu'est-ce que... ? sursauta Robert.

— Non ! aboya Nathanaël lorsque le verre explosa en mille morceaux par terre.

— Pip ! exulta Giselle en reconnaissant son fidèle compagnon.

— Espèce de sale petit...

Mais Nathanaël se retint *in extremis* ; s'il étranglait ce maudit écureuil, Giselle le démasquerait aussitôt ! À l'aide de mimes frénétiques, Pip essayait de prévenir la jeune fille qu'on voulait la tuer.

— Hé ! Nous pourrions avoir un coup de main ? cria Robert.

Les clients du restaurant réalisaient peu à peu qu'une créature à fourrure se trouvait sur une table. Pip prit une position héroïque.

— Édouard ! devina Giselle qui comprenait son compagnon à la perfection. Édouard est là ?!

— S'il vous plaît ! hurlait toujours Robert. Nous avons un rongeur sur notre table !

Les gens commençaient à s'affoler, dans la salle. Giselle, toute à sa joie, ne remarquait rien. Elle applaudit :

— C'est merveilleux !

— Un écureuil ! s'exclama Morgan qui accourut le voir de plus près.

— Ne le touche pas, ma chérie ! intervint Robert en poussant sa fille derrière lui. Ces petites bêtes sont pleines de microbes !

— Ça y est enfin ! continua Giselle d'un ton rêveur. Je vais devenir une princesse !

Et elle plaqua un gros bisou sur le front de Pip qui, fou de bonheur aussi, lui sauta sur l'épaule et l'inonda de baisers à son tour.

— Aaaaah ! paniqua alors une femme. Il lui dévore la figure !

— Le rat ! enchaîna un homme. Il l'attaque !

— Aidez-la ! s'égosilla une jeune mère. Au secours, quelqu'un !

Nathanaël saisit cette occasion inespérée de se débarrasser de Pip.

— Yé vais vous sauver, mademouaselle !

S'emparant d'un balai, il se jeta sur l'écureuil.

— Mais laissez-le tranquille ! s'indigna Giselle.

Nathanaël tenta encore de le frapper. Pip bondit au moment où le balai allait l'atteindre, et Robert éloigna Giselle de la table. Retombant sur la nappe, l'écureuil se cacha sous leur pizza.

Nathanaël fulminait d'avoir perdu Pip, lorsqu'il nota que la pizza remuait, dans le plat.

— Té voualà, vilaine peste !

Il ramassa le plat et l'envoya comme un Frisbee à travers la salle de restaurant ; il atterrit directement dans le four à pizza. Un nuage de fumée noire indiqua que le plat, et ce qui se trouvait dessus, venait de rôtir d'un coup !

Les clients applaudirent à tout rompre. Nathanaël cligna des yeux, incrédule. Hé ! Ces gens l'acclamaient, *lui* !

Quant à Giselle, elle fondit en larmes.

Croyant qu'elle pleurait de soulagement, Robert l'enveloppa d'un bras réconfortant. De l'autre bras, il tenait Morgan. Or Giselle, loin d'être soulagée, s'inquiétait terriblement pour son cher Pip !

Comment aurait-elle pu deviner que l'écureuil n'était déjà plus sous la pizza lorsque le plat avait atterri dans le four ? Pip avait en effet plongé en chemin dans une carafe de vin ! Il était un peu étourdi mais... en parfaite santé !

Les journalistes ne tardèrent pas à affluer au restaurant. La journaliste locale voulut interviewer Nathanaël.

— Pour tous ici, vous êtes un héros ! déclara-t-elle.

— Ma qué... y'ai fait cé qué y'avais à faire ! répondit Nathanaël, un peu gêné.

— Moi, je pense que vous êtes un homme extraordinaire ! s'enthousiasma la journaliste en lui adressant un grand sourire.

Nathanaël fut si surpris d'être admiré par quelqu'un qu'il en oublia son faux accent italien.

— Oh... Vraiment ? lança-t-il.

Un héros. Jamais on ne l'avait considéré ainsi avant. Quelle sensation !

12

— Miroir, gentil miroir, récita Édouard devant la télévision. Dis-moi quel est ce lieu de cauchemar ? Pourquoi tout y est-il si... problématique ? Retrouverai-je jamais ma tendre moitié ?

Le prince changea de chaîne. Un flash info apparut à l'écran et avec celui-ci... Giselle ! La journaliste commentait :

— Les premières investigations opérées à l'intérieur du four à pizza n'ont rien donné ; aucun reste de rongeur calciné ! L'effrayante créature traîne encore dans les parages. La jeune femme victime de l'écureuil enragé est avec nous.

Le reporter se tourna vers Giselle :

— Qu'éprouvez-vous à l'idée que ce dangereux animal est probablement encore en vie ?

Elle tendit son micro à la jeune fille qui s'exclama à cette heureuse nouvelle :

— C'est fantastique ! Pip est un excellent ami, le plus...

— Giselle, l'interrompit soudain Robert en surgissant à ses côtés dans le champ de la caméra. Rentrons à la maison, à présent. Allons, venez !

— Au revoir ! dit la jeune fille à la journaliste. Enchantée d'avoir fait votre connaissance !

— Giselle ! s'étrangla le prince Édouard.

Il se rua sur le poste de télévision.

— Quelle vile félonie est-ce là ?!

— Doit-on désormais craindre ce genre d'agression injustifiée ? conclut le reporter. La rage se répand-elle parmi les rongeurs de notre ville ? Seul l'avenir nous le dira...

À cet instant, Édouard brandit son épée et implora :

— Miroir magique, je t'en supplie ! Dis-moi où est Giselle !

La journaliste rendit l'antenne en terminant :

— C'était Mary Ilene Caselotti, en direct de la 116ᵉ, sur Broadway !

— La 116ᵉ, sur Broadway ! s'exclama le prince avec allégresse.

Il se jeta alors à genoux devant la télévision et l'étreignit.

— Merci, miroir magique !

Plus tard, ce soir-là...

Giselle bordait Morgan dans son lit. La fillette remonta les draps jusqu'à son menton.

— As-tu eu peur, au restaurant ? lui demanda gentiment Giselle.

— Un peu, avoua Morgan. Et Pip ? Vous croyez qu'il va bien ?

— Oh, ça, je ne m'inquiète pas pour lui !

« Surtout depuis que l'on sait qu'il n'a pas rôti dans un four ! » ajouta-t-elle tout bas.

— Pip est très brave, Morgan, continua-t-elle. Je me rappelle du jour où le Petit Chaperon rouge, armée d'une hache tranchante, pourchassait ce pauvre loup, chez Mère-Grand. Heureusement pour lui que Pip passa justement par là, dans le bois... !

— Ce n'est pas la version que je connais, nota la fillette.

Giselle grimaça.

— C'est parce que le Chaperon la raconte à sa façon...

Elle ne voulait pas médire, mais cette fille était capable des pires mensonges !

Sur le seuil de la chambre, Robert sourit. Il s'était arrêté une seconde en allant à la salle de bains, et il fallait l'admettre : Giselle avait un don pour inventer des récits originaux !

— Bonne nuit Giselle, souhaita alors Morgan en se pelotonnant dans son oreiller. Et merci pour l'histoire.

— Je t'en prie, petite chérie. Fais de doux rêves !

La jeune femme repoussa la porte en prenant soin de la laisser légèrement entrebâillée, que Morgan ne s'endorme pas dans le noir complet. Puis elle regagna le salon, où elle s'affala sur le canapé – son lit. Comme elle n'avait pas encore sommeil, elle ramassa un livre qui traînait sur le guéridon. *Ces femmes qui ont bâti notre époque*, annonçait la couverture. Giselle commença de le feuilleter, espérant qu'on y parlait de princesses et de princes charmants...

En attendant, son Prince Charmant à elle était tout près... et elle ne s'en doutait pas !

Grâce aux instructions de son miroir magique, Édouard était parvenu au restaurant italien où avait été filmée sa bien-aimée. Habile pisteur, il avait suivi sa trace et se retrouvait maintenant au pied de l'immeuble de Robert.

À l'intérieur du bâtiment, un nouveau défi s'offrit au prince : une enfilade infinie de portes identiques ! Prenant son légendaire courage à deux mains, il avança d'un pas résolu dans le couloir et frappa à la première d'entre elles. Là, il recula d'instinct, adoptant une position d'attaque très étudiée. L'épée haut au-dessus de la tête, il s'apprêtait à prendre d'assaut ce logis afin de sauver sa damoiselle en détresse...

La porte s'ouvrit. Non pas sur Giselle, mais sur une femme à la mine harassée. Un bébé braillait dans ses bras, tandis que trois autres enfants, derrière elle, couraient à travers l'appartement en hurlant. La femme jeta au prince un bref regard de dédain désespéré, avant de lui claquer la porte au nez.

Un instant abasourdi, Édouard reprit sa quête. Il s'obstina, essayant de porte en porte sans relâche, adoptant chaque fois sa fière attitude guerrière. Mais après un certain temps, et un certain nombre de portes claquées au nez, l'enthousiasme sans borne du héros commença à faiblir...

Alors qu'Édouard continuait ses recherches dans l'immeuble, Robert sortait de la douche, les cheveux mouillés. Passant devant Giselle, occupée à lire sur le canapé du salon, il s'éclaircit la gorge.

— Écoutez, Giselle, votre histoire était très bien, à propos de votre ami écureuil et tout, seulement...

Elle leva les yeux de son livre.

— Oui, Robert ?

— Je sais ce que c'est, que d'être déçu par quelqu'un ; on préfère souvent voir les choses comme on souhaiterait qu'elles soient, plutôt que d'admettre la vérité.

— Mais je ne *souhaite* pas que mon prince vienne, rectifia Giselle. Il vient, c'est un fait !

L'avocat poussa un soupir.

— D'accord, Giselle. Et vous en avez la certitude, parce que cet écureuil vous l'a dit ?

— Exactement. Pip a dit qu'il...

— J'ignore s'il s'agit d'une plaisanterie ou d'une remarque ironique de votre part, l'interrompit soudain Robert. Mais les écureuils ne parlent pas !

Giselle réfléchit ; son hôte marquait un point !

— Non, ils ne parlent pas en effet, reconnut-elle. Pas ici.

— Alors, si au lieu de prendre conseil auprès d'un rongeur...

L'avocat observa une pause.

— Je veux dire : si jamais vous décidiez finalement de vous installer à New York, *moi*, je peux vous aider.

S'il vous faut des papiers, un travail, un logement... Je suis là.

La jeune fille fronça les sourcils.

— C'est très aimable, Robert. Mais Édouard vient me chercher, vous savez.

L'avocat avait bien du mal à conserver son sang-froid. Il ne voulait pas se fâcher avec Giselle, pourtant il ne supportait plus son entêtement à refuser de voir la réalité en face ! Et cette espèce d'adoration qu'elle vouait à cet Édouard... ça lui tapait sur les nerfs ! S'il l'aimait tant que cela, sa fiancée, il devrait être auprès d'elle, non ?

— Parfait, enchaîna-t-il en s'appliquant à ne pas hausser le ton. Mais s'il ne venait pas, je...

— Pourquoi répétez-vous sans cesse cela ? s'énerva tout à coup la jeune fille.

— Parce que !

Robert leva les mains.

— C'est mon métier, Giselle ! Je rencontre chaque jour des cas comme le vôtre ! En règle générale, quand une relation démarre avec des problèmes, les choses ont très peu de chance d'aller en s'améliorant !

— Mon prince viendra !

— Je ne le pense pas.

— Si, cria-t-elle en bondissant de son siège.

— Non !

— Vous n'avez donc que ce mot-là à la bouche ? rougit-elle, furieuse. *Non* ?

— Non !

L'avocat se crispa ; ce n'était pas ce qu'il avait voulu dire ! Il rectifia :

— Heu… en fait… non.

— Non, non, non ! s'égosilla Giselle, les poings serrés. Encore, et encore ! Tout ce que vous connaissez, c'est : non !

Elle marchait de long en large dans la pièce.

— Robert, parfois vous me mettez dans une de ces…

— Une de ces quoi ?

La jeune fille s'immobilisa soudain. Elle se tourna lentement face à l'avocat et asséna :

— Une de ces… colères ?

Elle en paraissait stupéfaite elle-même. Elle insista :

— J'ai bien l'impression que je suis *en colère* !

— Vraiment ? Et… vous vous sentez bien ?

— Oui, je me sens…

Giselle prit une profonde inspiration ; cette rage, ça la secouait des pieds à la tête, ça l'électrisait… ça la réveillait !

— Je me sens très bien…

— Vous êtes sûre ? insista Robert en lui touchant l'épaule, inquiet.

Giselle déglutit avec peine. Elle n'avait encore jamais été si près de Robert ; elle adorait son parfum… Troublée, elle s'empressa de répondre :

— Sûre et certaine ! Je me porte comme un charme !

— Bon, alors, bonne nuit, dans ce cas, articula l'avocat en la scrutant à nouveau du regard.

Puis, il regagna sa chambre, et Giselle s'écroula dans son canapé.

« Ce monde étrange est plein de si merveilleuses choses ! songea-t-elle. Des choses horribles, aussi. Et des choses horribles et merveilleuses à la fois ! »

Tout cela semblait décidément très compliqué... Pas étonnant que Robert fut si difficile à comprendre !

Le lendemain matin, Robert s'éveilla un peu plus tard que d'habitude. Jetant un coup d'œil dans la chambre de Morgan, il vit qu'on avait taillé une robe dans ses rideaux à fleurs.

— Oh, non ! grogna l'avocat, réalisant que Giselle s'affairait déjà dans l'appartement.

Il se rendit au salon. Morgan aidait justement la jeune fille à mettre le couvert.

— Bonjour, papa !

— Bonjour, Robert, renchérit Giselle, les pommettes roses et les cheveux brillants au soleil matinal.

L'avocat dut le reconnaître : elle était bien jolie, dans sa nouvelle robe en rideau. S'arrachant à sa contemplation admirative, il regarda la table. Elle croulait de plats appétissants : des œufs, des tranches de bacon frit, des pancakes, tout ce qu'il aimait.

— Le petit déjeuner ! applaudit-il.

Tout à coup, la sonnette de la porte d'entrée retentit.

— J'y vais ! s'écria Morgan en courant au vestibule.

Restés seuls, Robert et Giselle se dévisagèrent, assez mal à l'aise après leur dispute de la nuit dernière.

— Très bien, la robe, commença l'avocat.

Giselle s'était confectionnée un tablier, aussi. Le compliment la fit rougir :

— Merci...

— C'est moi ! s'époumona alors une voix, dans le vestibule. Le prince Édouard d'Andalasia ! Je viens sauver ma gracieuse fiancée, la gente damoiselle Giselle !

Robert roula des yeux comme des soucoupes.

— Le voici ! s'exclama la jeune fille en arrachant son tablier. Oh, mon Dieu ! Oh, mon Dieu ! De quoi ai-je l'air ?

— Un peu surprise ? hasarda Robert.

— Mais non, pas ça ! s'impatienta Giselle. J'ai l'air *comment* ?

L'avocat chercha un instant le mot juste. Il murmura :

— Magnifique.

Elle n'eut pas le temps de réagir ; Morgan revint avec Édouard.

— Giselle ! hurla le prince dans un sourire radieux.

Jamais il n'avait éprouvé un tel bonheur ! Il n'aimait rien tant qu'une quête victorieuse... sauf tuer des trolls, bien sûr.

— Édouard ! sourit Giselle en retour.

Le prince la souleva du sol et la fit tournoyer joyeusement autour de lui, renversant au passage deux bibelots en porcelaine, sur le guéridon.

— Pas grave, annonça Robert en les ramassant vite. Il n'y a pas de casse !

Édouard l'ignora totalement ; il fit à nouveau tourner Giselle dans les airs... et renversa à nouveau les bibelots.

— Pourriez-vous faire un peu attention ? pria cette fois l'avocat.

— Vous ! s'écria alors le prince.

Il reposa Giselle par terre et, menaçant Robert de son épée :

— Vous êtes le misérable qui détient ma bien-aimée captive ? Qu'avez-vous à ajouter, avant que je vous pourfende et vous envoie en enfer ?

— Vous vous moquez de moi, là !

Robert n'arrivait pas à y croire ! Édouard fronça les sourcils :

— Insolites, ces dernières paroles...

— Calmez-vous, Édouard ! lança alors Giselle en s'interposant entre les deux hommes.

Elle prit Morgan par la main et ajouta :

— Ce sont mes amis !

— Oh, dit le prince.

Il replaça l'épée dans son fourreau, s'éclaircit la gorge, fixa Giselle d'un regard plein d'étoiles... et se mit à chanter. Fort, très fort.

La jeune fille ne réagit pas. Elle aurait dû répondre à son appel, pourtant ! Lui jeter un regard identique et le rejoindre dans son chant d'amour ! Édouard se tut, l'air déconcerté. Sa bien-aimée n'était-elle donc pas contente de le revoir ?

Giselle esquissa un signe d'excuse.

— Je suis désolée, Édouard ! Je pensais à autre chose...

— Penser ? s'étonna-t-il.

Voilà bien ce qu'il évitait un maximum de faire, en Andalasia ! Cela ne menait jamais à rien de bon.

— Avant de rentrer chez nous, il y a une chose que j'aimerais faire, confia la jeune fille. C'est une étrange coutume de ce monde.

Le prince Édouard s'inclina chevaleresquement devant elle.

— Ordonnez, ma tendre damoiselle, il vous sera obéi !

— Je voudrais être invitée à un rendez-vous.

— Un... quoi ?

Le prince ne comprenait pas ce langage. Giselle lança un coup d'œil à Robert puis expliqua :

— Hé bien, c'est quand on sort se promener ensemble, on mange, on discute de nous, de nos goûts, de nos idées... Un rendez-vous galant, quoi !

Un rendez-vous, se répéta Édouard, déçu. Franchement, il aurait préféré que la jeune fille lui demande d'affronter un dragon, ou un monstre. Mais en même temps, il ne voyait aucune raison de refuser ce rendez-vous. Peut-être auraient-ils la chance de tomber sur un dragon, après tout ? Et puis, il n'avait rien contre une petite conversation... quand on parlait de lui.

Peu après, Morgan et son père raccompagnèrent les deux fiancés à la porte de l'immeuble. À l'instant des « au revoir », un trouble inattendu envahit Giselle. Elle s'était imaginée ivre de joie, à l'arrivée d'Édouard... au lieu de quoi, elle ravalait son chagrin. Elle n'était pas prête à quitter ses nouveaux amis.

Eux non plus, d'ailleurs. Pendant quelques instants, ils demeurèrent ainsi sur le trottoir, ne sachant que dire. Enfin, Giselle brisa le silence :

— Vous serez toujours les bienvenus en Andalasia...

Robert hocha la tête, essayant de voir le bon côté des choses.

— Et si vous revenez en ville, nous sortirons dîner tous ensemble !

— Oui, ce serait charmant, répliqua-t-elle avec un optimisme feint.

Tout cela sonnait creux à ses oreilles... Comme s'ils savaient très bien tous les deux que cela ne se produirait probablement jamais. Ils cherchaient chacun une petite phrase réconfortante... Enfin, Robert marmonna d'un ton peu convaincu :

— Allez, on se reverra bientôt. Ce n'est pas comme si nous nous séparions pour toujours et...

Il s'interrompit ; Giselle vint à la rescousse :

— Et à jamais, Robert.

Il détourna les yeux, incapable de la regarder en face.

— Hé bien... bonne chance pour votre rendez-vous galant, souffla-t-il.

La jeune fille ressentit une sorte de pincement au cœur ; elle essaya de répondre avec indifférence :

— Bonne chance avec Nancy.

L'avocat piétinait, mal à l'aise. Giselle se tourna vers Morgan :

— J'ai passé de merveilleux moments en ta compagnie, Morgan. Je...

La fillette se jeta à son cou. Giselle la serra fort dans ses bras en réprimant ses larmes. Et puis, bien trop tôt à son goût, Édouard lui tapota l'épaule. Elle aurait voulu ne jamais quitter Morgan et son père, soudain... mais c'était impossible. Alors, elle se redressa majestueusement et suivit Édouard dans la rue, leur adressant un dernier petit signe de la main.

— Merci d'avoir veillé sur ma promise, manants ! s'exclama le Prince Édouard.

Ils s'éloignèrent. Morgan soupira tristement.

— Tu sais, papa... Elle va *vraiment* me manquer.

— À moi aussi, ma chérie, confessa Robert en tâchant de masquer son émotion. À moi aussi...

13

— J'ignore comment ils se sont retrouvés, ma reine ! se défendit Nathanaël, alarmé. Vraiment, je l'ignore !

Assis à une table du restaurant italien, il parlait au contenu de son verre tandis que les serveurs s'affairaient autour de lui.

— Espèce d'idiot ! fulmina l'image de Narissa, dans l'eau.

— Votre Majesté !

— Tu étais chargé de la tuer, Nathanaël. Pas de la sauver ! Tu ne comprends donc pas la nuance ?

— Vous êtes contrariée, Votre Seigneurie, bredouilla le valet. Mais si vous m'accordiez une autre chance, je...

— Une autre chance ? Tu t'imagines que les pommes empoisonnées poussent toutes seules ! Il n'en reste plus qu'une ! Je ne risquerai pas de te la confier !

— Votre Majesté !

— Inutile d'insister ! hurla alors la Reine Narissa. Je viens m'en occuper moi-même... Je tuerai cette infâme petite peste de mes propres mains !

Et crac ! le verre de Nathanaël explosa au cri strident de la méchante souveraine. Chaque bouteille, chaque verre dans le restaurant éclatèrent en même temps. Un minuscule écureuil abasourdi fut éjecté de sa carafe à vin, lorsque celle-ci se brisa aussi. Pip atterrit pile sous le nez de Nathanaël.

« Oh, oh, frémit tout bas le rongeur. Les ennuis recommencent ! »

De son côté, Robert Phillip recevait les époux Banks à son bureau, pour une ultime confrontation... d'un genre pour le moins inédit. Le couple avait changé d'attitude ; Ethan et Phœbe se tenaient par la main, ils se dévisageaient d'un air énamouré !

— J'ai repensé aux paroles de cette fille qu'on a rencontrée ici, lança Ethan avec enthousiasme tout en pressant plus fort la main de sa femme. À propos du regard scintillant de Phœbe. Et c'est vrai, c'est la première chose que j'ai remarquée, chez elle ! Vérifiez par vous-même : ses yeux étincellent carrément !

— Oh, Ethan... ! s'empourpra Phœbe.

Ils échangèrent un tendre baiser. Robert secoua la tête.

« Alors ça, ça dépasse tout ! » songea-t-il avant de dire à haute voix :

— Écoutez, Phœbe. Je suis votre avocat, et je ne saurais trop vous déconseiller de laisser une rencontre fortuite...

— Mais nous n'avons peut-être pas rencontré cette jeune fille par hasard, justement ! intervint la femme.

— Navré, refusa tout net Robert. Je trouve cela très difficile à croire !

— Vous devriez peut-être faire un effort, suggéra Ethan.

— Mais... Et vos problèmes, alors ? s'enflamma l'avocat.

Exaspéré, il se plaqua les cheveux en arrière. Phœbe Banks rétorqua :

— Tout le monde a des problèmes ! Tout le monde traverse un jour ou l'autre une mauvaise passe ! Est-ce une raison suffisante pour oublier le meilleur et sacrifier le bonheur d'une vie ?

Robert ouvrit la bouche... mais ne trouva rien à objecter. Il reconnut :

— Avec vous deux, je ne me sens plus très doué, question divorce.

— Peut-être parce que vous ne l'êtes pas ! asséna Phœbe en souriant.

— Avez-vous aimé votre sandwich, Édouard ? demanda Giselle tandis qu'ils traversaient un pont afin de se rendre à Brooklyn.

Leur rendez-vous tendre avait duré presque toute la journée. Ils avaient vu la statue de la Liberté, l'Empire State Building, le zoo de Central Park. Édouard, des ballons à la main et une fausse couronne de Lady Liberty sur la tête, était épuisé. Ce rendez-vous lui paraissait encore plus exténuant que sa course précédente en quête de Giselle !

— Mon « sang de quoi » ? répéta-t-il, interloqué, en fixant son hot-dog d'un œil méfiant.

— Non, pas du sang : un sandwich, s'empressa d'expliquer la jeune fille. C'est le nom qu'ils donnent à cette sorte de nourriture, ici.

— C'est excellent ! déclara alors le prince.

Il s'appliqua à avaler sa dernière bouchée de pain avec toute son élégance « naturelle » avant de s'exclamer :

— Quel splendide rendez-vous ! Pouvons-nous y aller, maintenant ?

— Où cela ?

— En Andalasia, bien sûr ! déclama Édouard, le bras tendu dans une attitude théâtrale. Où nous nous marierons et vivrons heureux pour toujours et à jamais jusqu'à la fin des temps !

— Nous ne sommes pas à la minute près pour rentrer...

— Mais combien de temps durent ces rendez-vous ? s'impatienta le prince.

Le leur durait déjà depuis plus de cinq heures ! Le visage de Giselle s'illumina :

— Aussi longtemps qu'on le souhaite, Édouard ! Ils peuvent durer, et durer... Il y a tant à voir et à faire ! Tenez : nous pourrions aller au musée ! Ou au spectacle. Il y a ce fameux bal, aussi...

— Un bal ? répéta le prince.

Voilà au moins qui lui était familier ! Giselle sauta aussitôt sur l'occasion :

— Cela vous plairait-il ? La musique, danser ?

Édouard hésita ; ce qui lui plairait vraiment, c'était de rentrer se marier !

— Hé bien... Je suppose, cependant...

— Merveilleux ! applaudit la jeune fille. Alors nous y allons !

— Et après, nous retournons en Andalasia, n'est-ce pas ?

— Évidemment, marmonna Giselle. Dès la fin du bal.

Elle prit les mains du prince et ajouta joyeusement :

— Oh là là ! J'ai tellement à faire pour me préparer ! Je dois m'occuper de ma robe... de ma coiffure !

— Et moi, que dois-je faire ? questionna Édouard.

La jeune fille le détailla. Ses vêtements princiers étaient sales et déchirés ; lui-même sentait un peu... la sueur.

— Il y a quelque chose de complètement magique, ici, que vous pourriez essayer, répondit-elle alors.

— Et qu'est-ce donc ?

— Une douche, lui sourit Giselle avec affection.

Morgan contemplait son reflet dans le miroir. D'habitude, ça la rendait heureuse, de porter son déguisement de princesse. Aujourd'hui, ça lui rappelait Giselle.

Soudain, la fillette remarqua une silhouette, dans l'angle de la glace.

— Giselle ! hurla-t-elle en reconnaissant son amie. Vous êtes revenue !

Elle courut l'embrasser. La jeune fille s'agenouilla devant elle et la regarda droit dans les yeux.

— J'ai besoin de ton aide, petite Morgan ! implora-t-elle. Je vais au bal, ce soir. Et je ne sais pas trop quoi faire ni quoi porter. Je ne sais même pas où trouver une bonne fée à cette heure tardive !

— J'ai bien mieux qu'une bonne fée, pour ça !

Prenant Giselle par la main, la fillette la conduisit à la chambre de Robert. Elle ouvrit son tiroir à chaussettes, et en tira une carte de crédit.

— Papa dit que c'est juste en cas d'urgence, chuchota Morgan. Et c'est un cas d'urgence !

La baby-sitter dormait devant la télévision. Les deux complices sortirent de l'appartement sur la pointe des pieds.

« Tout ce qu'il faut, c'est revenir avant son réveil, réfléchit Morgan tandis qu'elle filait en vitesse avec Giselle. Pour l'argent et les punitions, je verrai plus tard. »

L'heure du shopping avait sonné !

14

Trois heures plus tard, l'affaire était réglée ; les deux coquettes avaient acheté tout ce qu'il leur fallait ! À l'institut de beauté, Giselle était à présent assise face à un miroir, une serviette sur ses cheveux mouillés. À ses côtés, Morgan se faisait faire les ongles en dispensant quelques derniers conseils à son amie.

— Il faut se méfier du maquillage, aussi. Ne surtout pas en mettre trop !

Giselle lui adressa un sourire plein de reconnaissance.

— Sans toi, je n'y serais jamais arrivée, Morgan. Tu m'as été d'une aide très précieuse !

— C'est vrai ? se réjouit la fillette. Merci beaucoup !

— Oh, je t'en prie.

Morgan feuilleta un moment le magazine posé sur ses genoux, puis elle releva les yeux sur Giselle et jeta dans un souffle :

— Alors... c'est à cela, que ça ressemble ?

— De quoi, mon petit cœur ?

— Faire les boutiques avec sa... maman ?

La jeune femme réfléchit quelques secondes :

— En réalité, je ne sais pas : je n'ai jamais fait les boutiques avec la mienne.

— Ben... moi non plus, soupira Morgan.

— Mais en tous cas, ça me plaît comme ça ! ajouta alors Giselle d'un air joyeux.

— À moi aussi, acquiesça la fillette.

Son amie la serra dans ses bras en l'encourageant encore :

— Et puis, songe que bientôt, tu auras une nouvelle mère !

— Non, une *belle*-mère.

— On raconte trop de choses idiotes sur les belles-mères, s'empressa de la rassurer Giselle. J'en connais qui sont formidables ! Édouard a une belle-mère, justement. Je ne l'ai pas rencontrée, mais il paraît qu'elle est charmante.

Morgan soupira. Nancy ne lui déplaisait pas... Mais Giselle avait beau dire : de là à l'avoir pour belle-mère, il y avait un monde !

Entre-temps, dans un taxi à l'arrêt, sur Times Square...

Le chauffeur suivait attentivement une émission, à la radio. Il s'agissait de Nathanaël, dans son nouveau déguisement !

— Monsieur N nous rejoint à l'antenne, annonça l'animatrice. Il nous téléphone car sa douce d'amour lui semble un peu distante. Les auditeurs vous écoutent, monsieur N !

Nathanaël s'éclaircit la gorge. C'était lui, monsieur N ! S'étant procuré un portable, il avait appelé l'émission.

— Alors voilà, commença-t-il. Je l'ai toujours traitée comme une reine. Mais depuis quelque temps, je ne la reconnais plus ! Comme si je découvrais un autre aspect de sa personnalité.

L'intervenante avait l'habitude de conseiller les couples en crise. Mais d'après ce que racontait ce monsieur N, sa compagne paraissait quand même assez... intimidante !

— Vous devez mettre les choses à plat, estima-t-elle. Demandez-lui ce qu'elle attend de votre relation !

— Peut-être avez-vous raison, opina Nathanaël. Peut-être dois-je faire cela...

— Exactement ! Découvrez la nature réelle de ses sentiments envers vous !

— Bonjour, bon à rien ! gronda tout à coup une voix, à la portière de la voiture.

Nathanaël tourna la tête et aperçut la divine, mais si dure reine Narissa, à la fenêtre du côté passager. Elle venait de débarquer à New York... et elle n'avait pas l'air content du tout. Le valet raccrocha vite. Ce n'était peut-être pas le meilleur moment pour discuter de leur relation...

Narissa contemplait la surface brumeuse de l'eau d'une fontaine municipale. Sa cape noire flottait dans la brise du soir, et ses yeux aux paupières fardées de pourpre luisaient d'un éclat glacial. Nathanaël se tenait non loin, Pip prisonnier d'une roue à hamster dans les bras.

— *Reperio lemma mihi !* récita la souveraine, au-dessus de la fontaine.

Une image commença de se former, dans l'eau. Nathanaël déclara soudain :

— Vous savez, ma reine, récemment, vous m'avez traité avec une hostilité injuste. Je me demandais donc si nous ne devrions pas avoir une petite conversation au sujet de la direction que devrait prendre notre relation.

Narissa le fusilla un instant du regard, puis sans même prendre la peine de lui répondre, elle se replaça face à la fontaine, leva les bras et répéta son incantation :

— *Reperio lemma mihi !*

Petit à petit, le reflet, dans l'eau brumeuse, se précisa. Bientôt, l'image de Giselle et d'Édouard sur leur trente et un apparut. Ils s'apprêtaient à prendre l'un des ascenseurs du Woolworth Building, l'un des plus vieux et des plus célèbres gratte-ciels de New York. Le bal avait lieu là-bas. Un sourire mauvais se dessina sur les lèvres de la souveraine. Cette fois, Giselle ne lui échapperait pas !

Robert et Nancy dansaient ensemble dans la salle de bal. La décoration était somptueuse. On se serait cru dans un palais ! Surtout que tout le monde était habillé comme dans les contes de fées. Nancy, très belle, portait une longue robe romantique. Un diadème scintillait sur les boucles souples de ses cheveux bruns. Mais malgré cela, elle ne parvenait pas à se prendre au jeu ! Elle avait remarqué que quelque chose préoccupait son cavalier. Il semblait absent, depuis le début de la soirée.

— À quoi penses-tu, Robert ?

— À tant de choses ! rétorqua l'avocat sur un ton faussement enjoué. À toi et moi. À l'avenir.

— Ah oui ?

Nancy papillota des cils. Elle minauda :

— Et à quoi ressemble cet avenir ?

La musique s'arrêta. Nancy fit une gracieuse révérence à Robert… qui ne la voyait plus. Il ne respirait même plus ! Il fixait le haut de l'escalier, où Giselle venait d'apparaître ; Édouard lui ôta galamment sa cape.

— Que fabrique-t-elle ici ? s'étonna Nancy en suivant le regard de son compagnon.

À l'inverse des autres invités, Giselle arborait une tenue contemporaine, une luxueuse robe en soie verte. À ses pieds cependant luisaient de délicates pantoufles de verre. Sa chevelure rousse tombait bien lisse sur ses épaules blanches ; elle était d'une beauté à couper le souffle !

— Aucune idée, répondit Robert, l'air songeur.

Giselle observa un moment la salle de bal. On aurait dit que tout le monde sortait d'Andalasia, subitement… alors qu'elle avait pris le look des habitants de ce monde inconnu ! Quelle sensation bizarre…

Elle inspira à fond, puis descendit les marches avec Édouard.

— Vous voir ici me surprend un peu, l'accueillit Robert, au bas de l'escalier.

— Oui, moi aussi, sourit timidement la jeune fille. Vous m'aviez dit que vous ne saviez pas danser.

— J'ai dit que je ne dansais pas, corrigea l'avocat. Pas que je ne savais pas !

Édouard toussota, aux côtés de Giselle.

— Oh, pardonnez-moi ! s'écria la jeune fille. Nancy, voici Édouard. Mon... prince.

— Édouard, voici Nancy, enchaîna Robert. Ma...

Il ne sut comment terminer sa phrase. Nancy l'enlaça et jeta simplement :

— Nous sommes ensemble.

— Et cette céleste damoiselle est ma Giselle ! crut bon d'ajouter Édouard, toujours très courtois. L'amour de ma vie, ma promise, de mon cœur le seul désir !

— Ouahou ! murmura Nancy, impressionnée.

— Quelque chose ne va pas ? s'inquiéta le prince.

Nancy secoua la tête.

— Non, non ! C'est juste la façon dont vous avez dit tout ça. C'était si direct, si naturel, sans la moindre trace d'ironie. Tellement... romantique.

Elle sourit. Édouard s'inclina légèrement devant elle en la remerciant, quand le chanteur prit la parole, au micro :

— Mes amis, annonça-t-il, voici le moment que nous attendons tous depuis des mois ! Selon la tradition de notre bal annuel, je demanderai donc à chaque gentilhomme de choisir une lady autre que sa cavalière, afin de danser avec elle la valse du roi et de la reine !

L'orchestre se remit à jouer. Un morceau doux, assez lent cette fois. Édouard se prosterna à nouveau devant Nancy.

— M'accorderez-vous l'honneur de cette valse ?

Nancy lança un coup d'œil à Robert ; il opina et le couple s'éloigna en tournoyant sur la piste. Robert offrit alors son bras à Giselle, qui lui répondit d'une petite révérence.

Tandis qu'ils valsaient au milieu de la pièce, Giselle plongea le regard dans les yeux de Robert, et son cœur s'emballa. L'avocat se pencha à son oreille, fredonnant tout bas sur la chanson ; Giselle posa la tête sur son épaule, l'esprit en paix. Des confettis dorés se mirent à pleuvoir du plafond.

— Vous permettez ?

Nancy, derrière Giselle, fit signe à Robert, brisant la magie de l'instant.

— Mais bien sûr ! bredouilla la jeune fille en lui cédant la place.

Quand Nancy se lova entre les bras de l'avocat et que tous deux dansèrent, les larmes aveuglèrent Giselle. Le prince Édouard lui saisit alors la main et l'entraîna au sommet de l'escalier.

— Êtes-vous éplorée, ma bien-aimée ? s'étonna-t-il.

— Oh, non, je vais bien !

Giselle n'avait encore jamais menti auparavant... mais comment avouer la vérité à Édouard ? Elle n'était même pas certaine de la connaître ! Se pouvait-il qu'elle fût réellement tombée amoureuse de Robert ? Robert... un homme d'un monde si différent du sien !

— Je vais de ce pas chercher votre cape, proposa Édouard.

Il s'éloigna. Giselle s'appuya tristement à un pilier tandis que l'orchestre jouait toujours. Oui, c'était le moment de partir.

Dans la salle, en bas, Nancy embrassait Robert... et Giselle eut l'impression que son cœur explosait en mille morceaux.

« Un baiser d'amour sincère, songea-t-elle avec amertume. Rien n'est plus puissant dans l'univers... »

— Bonsoir, ma mignonne ! crissa une voix, dans son dos.

La jeune fille pivota et réprima un cri. Cette silhouette sombre, voûtée... La vieille sorcière d'Andalasia ! Elle était vraiment d'une laideur repoussante, avec sa peau toute ridée et son regard haineux.

— Vous ? articula Giselle. Que faites-vous ici ? C'est vous qui m'avez...

— Je suis si heureuse de te revoir, mon enfant ! l'interrompit la sorcière. Je me tourmentais tellement ! Quel terrible accident, que celui qui t'a menée en ce monde !

D'un œil glacial, elle examina rapidement les danseurs, dans la salle, puis ajouta :

— Tant de chagrin. Tant de souffrance. Être séparée à jamais de celui que tu aimes. Condamnée à t'unir à un autre... pour l'éternité ! Oh, mais tu n'es pas obligée de subir cela. Non, non ! J'ai le pouvoir d'effacer ta peine, de te faire oublier tous ces mauvais souvenirs.

Lentement, l'horrible vieille femme alla pêcher dans les replis de sa robe une belle pomme rouge bien brillante.

— Croque, ma jolie, et tu seras délivrée de tout ce que tu as vécu ici. Ce que tu as vu et fait, les gens que tu as rencontrés : tu ne te rappelleras plus rien ! Tes doux rêves d'antan se réaliseront comme prévu au départ ! Mais il faut te hâter : la magie n'opérera qu'à condition de mordre la pomme avant le douzième coup de minuit !

Giselle jeta encore un regard en direction de Robert ; il valsait toujours, Nancy contre lui. Alors, elle considéra la pomme enchantée.

« Tout oublier, se dit-elle. Oui, ce serait bien plus facile pour tout le monde ainsi... »

Et elle porta le fruit empoisonné à sa bouche ! La sorcière grimaça un sourire hideux, quand un éclair zébra soudain le ciel et qu'un violent coup de tonnerre ébranla les fenêtres de l'immeuble.

Giselle s'écroula à terre, plongée dans un profond sommeil de mort. La pomme entamée s'échappa de sa main inerte.

15

Son taxi garé au pied du Woolworth Building, Nathanaël ruminait ses problèmes sentimentaux. Pas de confidente à la radio, cette fois. Pip, toujours prisonnier de la roue à hamster, jouait le rôle involontaire de l'oreille amie.

— Elle prétend que nous avons un avenir ensemble, gémissait le valet. Mais la seule chose qui lui importe vraiment, c'est cette sale histoire de pommes !

Nathanaël déversait ses ressentiments au pauvre Pip, bien obligé de subir, piégé dans sa cage !

— Et dire que je continue à l'aider ! déplora encore l'amoureux transi. Ce n'est pas très flatteur pour moi, non ?

Là, Pip mima ce que cela dénotait en effet du caractère de l'homme bedonnant... et ce n'était pas joli-joli !

— Tu as raison, admit Nathanaël en secouant la tête d'un air sombre. Tu as absolument raison...

Et voici qu'il prit une grave décision ! Il allait sortir de voiture, lorsqu'il se retourna vers l'écureuil :

— Merci de m'avoir écouté ! lança-t-il avec gratitude.

Pip poussa un gros soupir. Il n'en avait rien à faire, de l'aider, lui. Ce qu'il voulait, c'était aider Giselle !

Dans la salle de bal, la vieille sorcière, Giselle inconsciente dans les bras, se frayait un chemin parmi la foule.

— Poussez-vous ! aboyait-elle en allant à l'ascenseur.

Déposant la jeune fille sur le sol de la cabine, elle récita sa formule magique :

— *Speciosus, formosus, praeclarus...*

Les portes de l'ascenseur coulissaient peu à peu tandis que la sorcière rajeunissait, embellissait... et redevenait la reine Narissa ! Mais tout à coup, une épée bloqua la double porte d'acier juste comme elle se refermait, la forçant à se rouvrir.

— Édouard ! bredouilla la souveraine lorsqu'elle se retrouva nez à nez avec son beau-fils.

— Mère ! s'exclama le prince, stupéfait.

Narissa essaya de masquer son embarras, entre le corps inerte de Giselle, à ses pieds, et la vive colère de son beau-fils.

— Oh, je... je l'emmenais dehors prendre l'air, expliqua-t-elle. Elle s'est évanouie, semble-t-il...

Sans l'écouter, Édouard écarta les portes en grand et se rua dans l'ascenseur. Il souleva la jeune fille inanimée et la sortit de la cabine.

— Venez m'aider ! Je vous en prie !

— Vous vous emballez, mon fils, assura Narissa, sur ses talons. Elle va bien. Il lui faut juste un peu d'eau. Ne vous mettez donc pas dans un état pareil, Édouard, c'est inutile !

Dans la salle de bal, les gens réalisèrent qu'il se passait quelque chose, en haut de l'escalier. Apercevant Giselle dans les bras du prince, Robert grimpa aussitôt les marches quatre à quatre, Nancy à sa suite.

— Préviens les secours ! lui cria-t-il.

Avec une précaution infinie, Édouard étendit Giselle sur une confortable banquette capitonnée et s'agenouilla auprès d'elle. Parvenu au sommet de l'escalier, Robert s'élança à ses côtés tandis que Nancy appelait les pompiers sur son portable.

— Une femme a perdu connaissance, oui. J'ignore ce qui s'est passé.

— Hé bien quoi ? s'indigna Narissa. Elle a fait un malaise, voilà tout !

— Non, pas un malaise ! s'interposa alors Nathanaël en débarquant de l'ascenseur, hors d'haleine.

La reine le fusilla du regard.

— Nathanaël ?

— Vous l'avez empoisonnée ! accusa-t-il en la désignant du doigt aux autres. C'est elle, la méchante sorcière ! Elle a empoisonné Giselle... et avec mon concours, je le regrette.

— Vous avez osé ? fulmina le prince Édouard en toisant sa belle-mère avec rage.

Jamais il n'avait ressenti pire fureur ! Narissa se récria :

— Nathanaël ment ! Pourquoi aurais-je besoin de m'allier à un bouffon pareil ?

— *Vous* mentez ! tonna Édouard. Dès notre retour, Andalasia sera informé de votre traîtrise ! Votre règne est terminé !

— M'usurper la couronne ? railla la méchante reine. N'est-ce pas un peu excessif ?

— Je veillerai à ce que vous soyez destituée *pour toujours* ! insista Édouard.

À ces mots, une fureur noire s'empara de Narissa. Pas question de laisser le trône lui échapper ! Levant la main, elle se mit à psalmodier :

— *Latereo vox iam procer...*

Quand une lame d'acier, contre sa gorge, lui imposa brutalement le silence.

— Assez ! ordonna Nathanaël qui avait bel et bien décidé d'agir.

Pendant ce temps, Nancy était en ligne avec les secours.

— Ils veulent savoir ce qui lui est arrivé, Robert ! demanda-t-elle à son fiancé, au chevet de Giselle.

L'avocat aperçut alors la pomme entamée, par terre ; Nathanaël avait donc dit vrai ! Il s'écria :

— On l'a empoisonnée !

Édouard sentit son sang se figer de terreur dans ses veines.

— Il faut la sauver ! s'empressa-t-il. Que faire ?

— Je l'ignore, bafouilla Robert. Je...

— Trop tard, asséna tristement Nathanaël qui tenait toujours la reine Narissa en respect. On ne peut plus rien pour elle, maintenant...

Dong ! sonna à l'horloge le premier coup de minuit. Narissa explosa d'un rire mauvais.

— Au douzième coup de minuit, proféra-t-elle, Giselle mourra pour de bon !

Dong ! Le sourire cruel de la souveraine s'élargit un peu plus...

Dong ! Dong !

Contemplant le magnifique visage de Giselle, Robert sentit son cœur se briser.

Dong ! Non, ça ne pouvait pas être la fin ! se désespérait l'avocat. Soudain, les paroles de Giselle lui revinrent en mémoire :

— Un vrai baiser d'amour, récita-t-il. Il n'existe rien de plus puissant au monde...

— Oui, bien sûr ! s'exclama Édouard en avançant vers la jeune fille immobile. Je le savais !

Narissa écarquilla les yeux : voilà qui ne faisait pas partie de son plan ! Le prince se pencha sur Giselle et l'embrassa avec le plus d'amour possible....

Dong ! Ils retinrent tous leur souffle. Mais la jeune fille ne remua pas d'un cil. Édouard réessaya ; en vain.

Dong !

— Cela ne fonctionne pas ! s'alarma-t-il, sans comprendre.

— Elle n'a plus aucune chance, à présent, se désola Nathanaël.

Narissa ricanait de manière démente.

Dong !

Le prince Édouard fixait Giselle, agonisante. Son baiser ne l'avait pas sauvée. Comment expliquer ça ? Elle était sa bien-aimée, sa promise ! Qui, à part *lui*, le beau, le fabuleux Édouard, était censé l'éveiller de son sommeil de mort ? Qui, à part lui, pourrait être son amour sincère ?

Et là, une idée subite lui traversa l'esprit !

— À moins que..., commença-t-il.

— À moins que quoi ? le pria Robert.

Sans un mot, Édouard lui jeta un regard éloquent. L'horloge égrenait toujours son décompte fatal.

Dong !

L'avocat comprit immédiatement où le prince voulait en venir. Il secoua la tête :

— C'est impossible, voyons ! Cela ne peut pas être moi !

Il ne savait plus quoi penser. Il bredouilla encore :

— Je la connais à peine ! Je...

Dong !

— Embrasse-la, Robert ! ordonna Nancy.

Il contempla sa fiancée avec stupeur. Elle était d'accord avec Édouard !

— Tu mérites de vivre le grand amour, poursuivit Nancy. Nous le méritons tous.

Dong ! résonna le carillon pour la onzième fois.

Robert baissa les yeux sur Giselle ; elle semblait si douce, si gracieuse. Il réalisa brusquement qu'il l'aimait de toute son âme. Son cœur ne battait pas la chamade d'angoisse : il s'emballait d'adoration ! Giselle était son unique et véritable amour.

— Ne me quitte pas, supplia-t-il dans un murmure en se penchant vers elle.

Il déposa alors sur ses lèvres un baiser plein de ferveur et d'espoir et...

Dong !

La reine Narissa exulta de joie : minuit ! Tout était fini ! Elle avait gagné la bataille !

Mais son triomphe fut de courte durée, car, allongée sur la banquette, Giselle retrouvait finalement des couleurs ! La jeune fille ouvrit les paupières sur le visage de Robert et chuchota avec une émotion intense :

— Je savais que c'était vous...

La foule amassée applaudit à tout rompre. Une personne, néanmoins, ne partageait pas la liesse générale...

— Nooooon ! hurla de rage Narissa, l'écho de sa voix stridente se répercutant dans la vaste salle de bal.

Avec une force herculéenne, elle se libéra de Nathanaël, s'empara de l'épée d'Édouard et descendit l'escalier.

— « Il n'existe rien de plus puissant au monde », répéta-t-elle d'un ton moqueur. Hé bien moi, je n'en suis pas si sûre !

— Espèce de sale égoïste, vous...

Mais la souveraine n'était pas femme à se laisser menacer ! Surtout par un valet ! Elle récita :

— *Speciosus, formosus, praeclarus !*

Une formidable détonation secoua l'étage. Édouard alla cogner de la tête contre un pilier puis tomba raide, assommé. Nathanaël s'affala sur une table.

Devant les gens ébahis, Narissa grandit, grandit... Dans un nuage de brume verdâtre, son corps s'enfla, se tordit, se contorsionna, se distendit... Lorsque la fumée se dissipa, la souveraine avait disparu ; à sa place, un horrible monstre griffu à peau recouverte d'écailles et longue queue fourchue. La méchante reine s'était métamorphosée en un dragon féroce !

— Ces histoires nauséeuses de baiser d'amour sincère, cracha-t-elle avec mépris. Je n'y peux rien, ça me fait sortir de mes gonds !

Sa transformation achevée, elle ajouta :

— Alors, je me suis dit : et si un monstre immense et assoiffé de sang venait *massacrer* tout le monde ?

Les narines dilatées, prêtes à souffler du feu, elle avança d'un pas en direction de Giselle.

— Commençons par celle sans qui rien de tout cela ne serait arrivé !

— Il faudra d'abord me passer sur le corps ! s'interposa alors Robert en bondissant devant la jeune fille.

Narissa baissa la tête afin de l'examiner de près et déclara :

— Comme tu voudras... Je sais me montrer conciliante !

Le saisissant dans l'une de ses serres, elle dit ensuite à Giselle :

— Suis-moi ! Tu ne voudrais quand même pas manquer la fin de mon conte de fées personnel ?

Elle traversa lourdement la salle de bal, Robert se débattant dans ses griffes, les gens paniqués courant de tous côtés. Puis elle brisa les fenêtres, et s'enfonça dans la nuit.

Or, tandis que tout le monde fuyait le bal en criant, Pip, lui, essayait au contraire d'y entrer ! Captif de sa roue à hamster, il bravait la marée humaine qui déferlait, bien décidé à monter dans l'ascenseur.

En haut de l'escalier, Nancy s'agenouilla auprès d'Édouard, toujours inconscient.

Giselle scrutait la salle de bal. Elle soupira de désespoir : « Et ils vécurent heureux jusqu'à la fin des temps ». Ce n'était pas pour tout de suite, apparemment !

La jeune fille réfléchit. Elle devait agir, elle n'avait pas le choix.

C'était ça, ou adieu le bonheur éternel ! Et ni une, ni deux, elle dégringola les marches de l'escalier. Trébuchant sur l'épée d'Édouard, elle la ramassa. Elle la soupesa, puis elle envoya valser ses pantoufles de verre et passa à son tour par la fenêtre afin de s'élancer au secours de Robert.

Dehors, Giselle longea avec précaution la corniche de l'immeuble. Plus loin, le monstre Narissa tenait Robert suspendu dans le vide, à plus de cinquante étages au-dessus de New York !

— Que faites-vous ? s'époumona l'avocat. Vous êtes folle !

— Non, crissa la reine dragon. Je suis haineuse, rancunière, mais pas folle ! Et... Ouch !

Le monstre se retourna brusquement : Giselle venait de lui frapper la queue d'un grand coup d'épée !

— Tiens, tiens, grinça le dragon, l'œil brillant. Notre brave petite princesse qui vient à la rescousse ?

Narissa fixa dédaigneusement Robert.

— J'imagine que cela fait de vous la pauvre et faible damoiselle en détresse ?

Puis, défiant Giselle :

— Rattrape-moi, ma jolie ! Il est temps d'élever un peu le niveau de notre conte de fées !

Le monstre éructa d'un rire sadique et, d'un bond fabuleux, atteignit le sommet de l'immeuble. Giselle escalada la paroi à sa suite.

— Arrêtez, Giselle ! la supplia Robert. C'est trop dangereux !

Afin de narguer la jeune fille, le dragon Narissa balançait l'avocat du bout de sa serre en raillant :

— Il a raison, sais-tu ! Jouer au héros n'est pas très prudent. Tu pourrais te casser un ongle...

La créature fouetta l'air de la queue ; Giselle esquiva juste à temps, roulant sur le côté.

— ... Ou filer tes collants !

Giselle évita un nouveau coup de queue ; elle continua avec courage son ascension vers le sommet du bâtiment où le dragon, juché sur la flèche, rugissait triomphalement.

Pendant ce temps, Édouard avait repris connaissance. Avec Nancy et Nathanaël, ils grimpaient sur la corniche... quand la roue à hamster de Pip vint buter contre le pied du prince.

Édouard baissa les yeux : dans sa cage, le petit écureuil gesticulait comme un fou ! Pour la première fois, le prince comprit exactement ce qu'il mimait :

— Tu aimerais mieux sortir de là, finalement ? Pour aider Giselle à terrasser le dragon ? Pourquoi ne pas l'avoir demandé plus tôt ?

Et le prince Édouard délivra Pip qui se jeta en un éclair à l'assaut de la paroi du bâtiment !

— Je ne vous laisserai pas faire, Narissa ! s'égosilla Giselle qui tâchait de se hisser sur la flèche de l'immeuble.

— Je suis navrée, cracha la créature en brandissant Robert haut au-dessus de sa tête. Mais nous arrivons bel et bien à la fin de notre conte de fées !

Le dragon asséna un autre coup de queue ; la jeune fille perdit cette fois l'équilibre et atterrit sur un rebord en pierre, un peu plus bas, où l'attendait...

— Pip ?!

Son fidèle compagnon lui fit signe que tout irait pour le mieux avant d'escalader dare-dare la flèche. Cette dernière commençait d'ailleurs à ployer sous le poids du dragon Narissa... ce qui donna soudain une idée de génie au petit écureuil !

Il s'était retrouvé dans une situation similaire peu de temps auparavant... dans les bois d'Andalasia ! Sans hésiter, il sauta sur le crâne du monstre qu'il cribla de coups de poings.

« J'ai bien fait de manger trop de noisettes, en fin de compte ! » se félicita-t-il.

Car à l'inverse de la fois précédente, il estimait que ses quelques kilos superflus lui étaient d'une grande aide, aujourd'hui !

La flèche pencha plus avant, pencha, pencha...

Rassemblant toutes ses forces, Giselle tendit l'épée en direction du dragon Narissa qui essayait désespérément de se maintenir agrippé.

Et Giselle lança l'épée !

La lame n'atteignit pas le monstre, mais se ficha dans la manche de Robert, le clouant ainsi à la flèche du bâtiment.

Au même moment, le dragon lâchait prise et dégringolait – boum ! – sur une tourelle, plusieurs mètres en dessous.

Sous le choc, la reine Narissa reprit forme humaine et Pip, qui se cramponnait à la tête du dragon pendant la chute, bondit se mettre à l'abri sur la corniche.

Narissa luttait à présent pour rester accrochée à la tourelle. Ses mains dérapèrent ; poussant un hurlement déchirant, elle plongea dans le vide, et alla s'écraser cinquante étages plus bas, sur le trottoir.

Giselle n'y prêta pas attention : la manche de Robert se déchirait !

— Tenez bon ! l'encouragea-t-elle.

Vite, l'avocat s'agrippa à la flèche.

Plus vite encore, il se mit à glisser ! Il ne tenait plus que par quatre doigts, puis trois, puis deux...

— Aaaaaah ! cria-t-il en tombant...

... Pile dans les bras de Giselle ! La jeune fille le déposa sur le rebord de pierre.

— Et vous tombez souvent, comme ça ? le taquina-t-elle.

Robert leva les yeux sur elle. Plus aucun doute, ni dans son esprit, ni dans son cœur : Giselle était l'amour de sa vie !

— Seulement lorsque vous êtes là pour me rattraper, répondit-il.

Et pour la deuxième fois en ce jour, avant de nombreuses autres fois à venir, Robert et Giselle échangèrent un vrai baiser d'amour...

16

Dans la salle de bal, Nancy faisait les cent pas, nerveuse. Les invités étaient tous partis, les musiciens remballaient leurs instruments.

Soudain, elle aperçut l'une des pantoufles de verre de Giselle, par terre. L'autre avait disparu dans la débâcle générale.

La jeune femme repensa alors à tous les espoirs qu'elle avait fondés sur cette soirée. Les choses ne s'étaient pas exactement passées comme elle l'aurait souhaité...

Un flot de larmes lui monta aux yeux, et elle s'effondra par terre en sanglots.

— Pourquoi un tel chagrin, belle damoiselle ?

Debout devant elle, le prince Édouard lui tendit un mouchoir blanc. Nancy l'accepta avec reconnaissance.

— Je crois que Giselle a perdu son soulier, dit-elle en brandissant la pantoufle.

Dans un petit rire triste, elle ajouta

— Forcément !

Sans un mot, Édouard lui ôta son escarpin et lui enfila la pantoufle de verre.

— Elle vous va à merveille ! sourit-il.

Nancy fixa son pied, puis elle dévisagea Édouard, reprenant son souffle. Cet homme lui paraissait si séduisant, si romantique.

De son côté, le prince songeait :

« Nancy est valeureuse et ravissante ; son cœur est bon. Peut-être est-elle ma véritable princesse ? »

La regardant bien dans les yeux, Édouard identifia soudain la lueur de l'amour. Il avait sa réponse !

Alors, attrapant Nancy par la main, il l'entraîna hors de la salle de bal, puis hors de l'immeuble. Ils traversèrent la ville en courant, arrivèrent à la bouche d'égout de Times Square...

Et plongèrent ensemble en Andalasia !

Épilogue

Dès le lendemain, au royaume magique d'Andalasia, Édouard et Nancy se mariaient. La cérémonie se déroula au château, et tout le monde constata quelle magnifique princesse faisait Nancy.

Édouard devint un excellent roi, chassant le troll et gouvernant son peuple avec un égal bonheur. La reine son épouse consacrant ses journées aux plus pauvres et à leurs enfants, on célébra vite dans le royaume son extrême générosité.

Nathanaël se lança dans une brillante carrière d'écrivain. Une thérapie ! Son livre témoignage sur sa dévotion aveugle envers la méchante reine Narissa permit à des milliers d'hommes malheureux de trouver la force de s'aimer eux-mêmes.

Pip, lui aussi, connut la célébrité, à son retour en Andalasia. Et tout le respect qui lui était dû ! Venus de partout dans la forêt, les animaux faisaient la queue pour qu'il leur dédicaçât le récit de ses aventures new-yorkaises.

Son livre devint rapidement une référence parmi les petits rongeurs un peu trop extravertis de la contrée, leur recommandant d'éviter comme la peste les puits à souhaits... et les vieilles sorcières.

Quant à Robert et Giselle...

Ils n'avaient rien à envier à leurs amis d'Andalasia !

Ils se marièrent à New York, où Giselle reprit les affaires de Nancy. Elle rebaptisa son atelier du nom d'Andalasia et se spécialisa dans la confection de robes de princesse pour enfants.

Morgan fut demoiselle d'honneur, à leur mariage. Mieux : elle pouvait désormais faire du shopping avec sa nouvelle mère aussi souvent qu'elle le voulait !

Ainsi chacun réalisa son vœu le plus cher.

Et tous vécurent heureux jusqu'à la fin des temps...

Composition MCP - Groupe JOUVE - 45770 Saran
N° 252254S

Impression réalisée sur CAMERON par
BRODARD ET TAUPIN
72000 La Flèche

« Pour l'éditeur, le principe est d'utiliser des papiers composés de fibres naturelles, renouvelables, recyclables et fabriquées à partir de bois issus de forêts qui adoptent un système d'aménagement durable. En outre, l'éditeur attend de ses fournisseurs de papier qu'ils s'inscrivent dans une démarche de certification environnementale reconnue. »

Imprimé en France
Dépôt légal : novembre 2007 - Édition 01 - ISBN : 978-2-01-462753-4
Loi n° 49-956 du 16 juillet 1949 sur les publications destinées à la jeunesse.

N° d'impression : 43664